詩稿「暗愚小伝」

高村光太郎

北川太一 編

二玄社

詩稿「暗愚小伝」高村光太郎

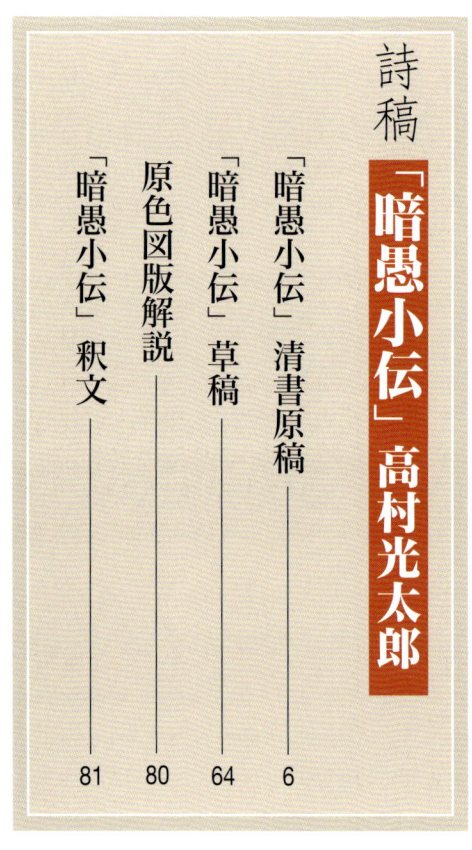

I 詩篇注解

II 「暗愚小伝」の成立

III 反響

凡例

・「暗愚小伝」の清書稿は原寸で掲載した。但し、判型の都合で、原稿の天地を少し削った。
・漢字は原則として新漢字を採用した。
・詩の釈文は変体仮名を通常の仮名に改めた他は、原文通りの仮名遣いを保存した。
・解説に引用した詩歌については、原文通りの仮名遣いを保存し、散文は新仮名に改めた。振り仮名は、編者の判断で補ってある。

詩稿「暗愚小伝」高村光太郎

四六印刷不用
コノ目次

暗愚小傳

パリ
反逆
親不孝
デカダン
蟄居
美に生きる
おそろしい空虚
二律背反
協力會議
真珠湾の日

暗愚小傳

高村光太郎

家

土下座（憲法發布）

誰かの背なかにおぶさつてゐた。
上野の山は人で埋まり、
そのあたまの上から私は見た。
人拂をしたまんなかの雪道に
騎兵が二列に進んでくるのを。
誰かは私をおぶつたまま、
人波をこじあけて一番前へ無理に出た。

私は下におろされた。
みんな土下座をするのである。
騎馬巡査の馬の蹄が
あたまの前で雪を蹴った。
箱馬車がいくつか通り、
少しおいて、
錦の御旗を立てた騎兵が見え。
そのあとの馬車に
人の姿が二人見えた。
私のあたまはその時、

2

誰かの手につよく押へつけられた。
雪にぬれた砂利のにほひがした。
——眼がつぶれるぞ——

ちょんまげ

たぢいさんはちょんまげを切つた。

——舊弊々々と二言目にはいやがるが、まげまで切りたかあねえんだ、ほんたあ。床屋の勝の野郎がいふのを聞きやあ、文明開化のざんぎりになつてしまへと、禁廷さまがおつしやるんだ。

官員やおまはりなんぞに何をいはれたつてびくともしねえが、禁廷さまがおつしやるんだと聞いちやあ。

3

たれもかぶとをぬいだ。
公方さまは番頭で、
禁廷さまは日本の總本締だ。
そのた聲がかかりだとすりゃ、なあ。
いめえましいから、
勝の野郎が大事さうに切つたまげなんで
たつぽり出して、けえつてきた。——

郡司大尉

郡司大尉の報效義會のお話を
受持の加藤先生が教室でされた。
隅田川から出發した戦艘かのボートが
つい先日金華山沖で難破した話である。
ボートで千島の果までゆかうとする
その悲壯な決行のなりゆきを
加藤先生は泣いて話した。
生徒もみんな泣いてきいた。
下谷小學の卒業生が遭難者の中に

一人まじつてゐるといふことが
下谷小学の生徒を興奮させた。
身を捧げるといふことの
どんなに貴いことであるかを、
先生はそのあとでこんこんと説いた。
みんな胸をふくらませてそれをきいた。

日清戦争

おぢいさんは拳固を二つこしらへて
鼻のあたまに重ねてみせた。
――これさまにちげえねえ。――
原田重吉玄武門破りの話である。
――古峯(こぶ)が原(はら)のこれさまが
夜でも昼でも往つたり来たり、
みんな禁廷さまのおためだ。
ありがてえな、光公(みつこう)。――
わたしはいつでも夜になると、

そっと聞耳を立てて身ぶるいした。
たしかに屋根の上の方に音がする。
羽ばたきの音が。

御前彫刻」

父はいつになく緊張して
仕事場をきれいにして印材を彫つた。
またたくまに彫り上げてみんなに見せ、
子供の私にも見せてくれた。
本櫻(はんざくら)の見ごとな印材のつまみに
一刀彫の鹿が彫つてあつた。
あした協會にお成りがあるので
御前彫刻を仰せつかつたと父はいふ。
その下稽古に彫つたのだ。

父は風呂にはいつてからだを浄め、
そのあした切火をきつて家を出た。
天子さまに直々(ぢきぢき)ごらんに入れるのだよ。
もつたいないね。
――どうか粗相のございませんやうに。――
母はさういつて佛壇を拝んだ。
子供のわたしは日がくれても
まだ父が歸らないのでやきもきした。
おかへりといふ車夫の聲に
私は玄關に飛んで出た。

建艦費

日清戦争は終つても
戦争意識はますますあがつた。
次の戦争に備へるために
軍艦を造る費用を捻出するのだ。
陛下が一ばんさきに大金を下され、
官吏は向う幾年間か、
俸給の幾分かを差引かれた。
父はその事を夜の茶の間で
母や私にくはしく話した。

遼東還附とかいふことで
天子さまがひどく御心配遊ばされると、
父はしんから心おそれた。
――だから光(みつ)も無駄をするな。
いいか。――

楠公銅像

——まづ無事にすんだ。——

父はさういつたきりだつた。

楠公銅像の木型(きがた)を見せよといふ陛下の御言葉が傳へられて、美術學校は大騷ぎした。

萬端の支度をととのへて木型はほぐされ運搬され、二重橋内に組み立てられた。

父がその主任である。

陛下はつかつかと庭に出られ、
木型のまはりをまはられた。
かぶとの鍬形の剣の楔が一本、
打ち忘れられてゐた為に、
風の吹くたび剣がゆれる。
もしそれが落ちたら切腹と
父は決心してゐたとあとできいた。
茶の間の火鉢の前でなんとなく
多きを語らなかつた父の顔に、
安心の喜ばかりでない

浮かないそののあつたのは、
その九死一生の思が残つてゐたのだ。
父は命をささげて、ゐるのだ。
人知れず私はあとで涙を流した。

轉調

彫刻一途

日本膨張悲劇の最初の餞、
日露戰争に私は疎(うと)かつた。
ただ旅順口の悲慘な話と、
日本海々戰の號外と、
小村大使對ウヰツテ伯の好對稱と。
そのくらゐがあたまに殘つた。
私は二十歳をこえて、研究科に居り、

夜となく書となく心をつくして
彫刻修業に夢中であった。
まったく世間を知らぬ畫中の天地に
ただ彫刻の眞がつかみたかった。
父も学校の先生も職人にしか見えなかった。
職人以上のものが知りたかった。
まつくらなまはりの中で手さぐりに
世界の彫刻をさがしあるいた。
いつのことだか忘れたが、
私と話すつもりで来た啄木も、

彫刻一途のお坊ちやんの世間見ずに
すつかりあきらめて歸つていつた。
日露戰爭の勝敗よりも
ロダンとかいふ人の事が知りたかつた。

パリ

私はパリで大人になった。
はじめて異性に触れたのもパリ。
はじめて魂の解放を得たのもパリ。
パリは珍しくもないやうな顔をして
人類のどんな種属をもうけ入れる。
思考のどんな系譜をも拒まない。
美のどんな異質をも枯らさない。
良も不良も新も舊も低いも高いも。
凡そ人間の範疇にあるものは同居させ、

必然な事物の自浄作用にあとはまかせる。
パリの魅力は人をつかむ。
人はパリで息がつける。
近代はパリで起り、
美はパリで醇熟し萌芽し、
頭脳の新細胞はパリで生れる。
フランスがフランスを超えて存在する
この底無しの世界の都の一隅にゐる、
私は時に國籍を忘れた。
故郷は遠く小さくけちくさく、

うるさい田舎のやうだつた。
私はパリではじめて彫刻を悟り、
詩の眞實に開眼され、
そこの庶民の一人一人に
文化のいはれを見てとつた。
悲しい思で是非もなく、
比べやうもない落差を感じた。
日本の事物國柄の一切を
なつかしみながら否定した。

反逆

親不孝

狭くるしい檻のやうに神戸が見えた。
フジヤマは美しかつたが小さかつた。
むやみに喜ぶ父と母とを前にして
私は心であやまつた。
あれほど親思ひといはれた奴の頭の中に
今何があるかをごぞんじない。

人間の名に於いて已むを得ない。
私は一個の人間として生きようとする。
一切が人間をゆるさぬこの國では、
それは反逆に外ならない。
父や母のたのしく待つた家庭の夢は
いちばんさきに破れるだらう。
どんなことになつてゆくか、
自分にもわからない。
良風美俗にはづれるだけは確である。
――あんな顏してねてるよ。――

母は私の枕もとで小さくささやく。
かういふ恩愛を私はこれからどうしよう。

デカダン

彫刻油画詩歌文章、
やればやるほど臑をかじる。
銅像運動もおことわり。
学校教師もおことわり。
縁談見合もおことわり。
それぢやどうすればいいのさ。
あの子にも困つたものだと、
親類中でさわいでゐますよ。
鎧橋の「鴻の巣」でリキユウルをなめながら

私はどこ吹く風かといふやうに酔つてゐる。
酔つてゐるやうにのんでゐる。
まつたく行くべきところが無い。
デカダンと人は言つて興がるが
こんな痛い良心の眼ざめを曾て知らない。
遅まきの青春がやつてきて
私はますます深みに落ちる。
意識しながらずり落ちる。
カトリックに縁があつたら
きつとマリヤにすがつてゐるだらう。

クルスの代りにこのやくざ者の眼の前に
奇蹟のやうに現れたのが智恵子であった。

蟄居

美に生きる

一人の女性の愛に清められて
私はやつと自己を得た。
言はうやうなき窮乏をつづけながら
私はもう一度美の世界にとびこんだ。
生来の離群性は
私を個の鍛冶に専念せしめて、
世上の毀誉にうとからしめた。

政治も經濟も社會運動そのものさへも
影のやうにしか見えなかつた。
智恵子と私とただ二人で
人に知られぬ生活を戦ひつつ
都會のまんなかに蟄居した。
二人で築いた夢のかずかずは
みんな内の世界のものばかり。
檢討するのも内部生命。
蓄積するのも内部財寶。
私は美の強い腕に誘導せられて

ひたすら彫刻の道に骨身をけづつた。

たそろしい空虚

母はとうに死んでゐた。
東郷元帥と前後して
まさかと思つた父も死んだ。
智恵子の狂氣はさかんになり、
七年病んで智恵子が死んだ。
私は精根をつかひ果し、
がらんどうな月日の流の中に、
死んだ智恵子をうつつに求めた。
智恵子が私の支柱であり、

智恵子が私のジヤイロであつたことが
死んでみるとはつきりした。
智恵子の個體が消えてなくなり、
智恵子が普遍の存在となつて
いつでもそこに居るにはゐるが、
もう手でつかめず聲もきかない。
肉體こそ眞である。
私はひとりアトリエにゐて、
裏打の無い唐紙のやうに
いつ破れるか知れない氣がした。

いつでもからだのどこかにはろ穴があり、
精神のバランスに無理があつた。
私は斗酒ならは辞せずであるが、
空虚をうづめる酒はない。
妙にふらふら巻をあるき、
気はれるままに本を編んだり、
変な方角の詩を書いたり。
アメリカ屋のトンカツを發見したり、
十錢の甘らつきようをかじつたり、
隠亡と遊んだりした。

二律背反

協力會議

協力會議といふものができて
民意を上通するといふ。
かねて尊敬してゐた人が来て
或夜國情の非をつぶさに語り。
私に委員になれといふ。
だしぬけを驚いてゐる世代でない。
民意が上通できるなら、

上通したいことは山ほどある。
結局私は委員になつた。
一旦まはりはじめると
歯車全部はいやでも動く。
一人一人の持つてきた
民意は果して上通されるか。
一種異様な重壓が
かへつて上からのしかかる。
協力會議は一方的な
或る意志による機関となつた。

會議場の五階から
靈廟（モオゾレェ）のやうな議事堂が見えた。
靈廟のやうな議事堂と書いた詩は
赤く消されて新聞社からかへつてきた。
會議の空氣は窒息的で、
私の中にゐる猛獸は
官僚くささに中毒し、
夜毎に曠野を望んで吼えた。

眞珠湾の日

宣戦布告よりもさきに聞いたのは
ハワイ邊で戦があつたといふことだ。
つひに太平洋で戦ふのだ。
詔勅をきいて身ぶるひした。
この容易ならぬ瞬間に
私の頭脳はランビキにかけられ、
昨日は遠い昔となり、
遠い昔が今となつた。
天皇あやふし。

ただこの一語が
私の一切を決定した。
子供の時のたぢいさんが、
父が母がそこに居た。
少年の日の家の雲霧が
部屋一ぱいに立ちこめた。
私の耳は祖先の聲でみたされ、
陛下が、陛下がと
あえぐ意識は眩（めくるめ）いた。
身をすてるはか今はない。

陛下をまもらう。
詩をすてて詩を書かう。
記録を書かう。
同胞の荒廢を出来ルば防がう。
私はその夜木星の大きく光る駒込臺で
ただしんけんにさう思ひつめた。

ロマン　ロラン

ひとりアトリエの陽にゐて
深くしづかに息をつくと、
ひろい大きな世界のこころが
涙のやうに私をぬらした。
やさしい強いあたたかい手が
私の肩にやんはり置かれた。
眼をあげるとロマン　ロランが
額ぶちの中に今も居る。
ロマン　ロランの友の會。

それは人間の愛と尊重と
魂の自由と高さとを学ぶ
友だち同志の集りだつた。
ロマン　ロランは言ふやうだ。
――パトリオチスムの本質を
君はまだ本氣に考へないのか。
あれ程ものを讀んでゐて、
君にはまだヴェリテが見えないのか。
ペルメルの上に居られないのか。
今のまじめなやうな君よりも

むしろ無頼の昔の君を愛する。―
さういふ時に鳴るサイレンは
たちまち私を宮城の方角に向けた。
本能のやうにその力は強かつた。
私には二つのいろの詩が生れた。
一いろは印刷され、
一いろは印刷されない。
どちらも私はむきに書いた。
暗愚の魂を自らあはれみながら
やつぱり私は記録をつづけた。

暗愚

金がはいるときまつたやうに
夜が更けてから家を出た。
心にたまる膿のうづきに
メスを加へることの代りに
足は場末の酒場に向いた。
——お父さん、これで日本は勝てますの。
——勝つさ。
——あたし晝間は徴用でせう。無理ばつか
し言はれるのよ。

――さうよ。なにしろ無理ね。
――おい陽のおやぢ。いかう。
――鋸ぎり屋もつらいや。バイトを買ひに大阪行きだ。
――大きな聲しちやだめよ。あれがやかましいから。
――お父さん、ほんとんとこ、これで勝つんかしら。
――勝つさ。
午前二時に私はかへる。

電信柱に自爆しながら。

、

終戦

すつかりきれいにアトリエが焼けて。
私は奥州花巻に来た。
そこであのラヂオをきいた。
私は端坐してふるへてゐた。
日本はつひに赤裸となり、
人心は落ちて底をついた。
占領軍に飢餓を救はれ、
わづかに亡滅を免れてゐる。
その時天皇はみづから進んで、

われ現人神（あらひとかみ）にあらずと説かれた。
日を重ねるに従って、
私の眼からは涙が取れ、
いつのまにか六十年の重荷は消えた。
再びたちぢいさんも父も母も
遠い涅槃の座にかへり、
私は大きく息をついた。
不思議なほどの脱却のあとに
ただ人たるの愛がある。
雨過天青の青磁いろが

廓然とした心ににほふ。
いま悠々たる無一物に
私は荒涼の美を満喫する。

爐邊

報告（智恵子に）

日本はすつかり変りました。
あなたの身ぶるひする程いやがつてゐた
あの傍若無人のがさつな階級が
とにかく存在しないことになりました。
すつかり変つたといつても、
それは他力による変革で、
（日本の再教育と人はいひます。）

内からの爆発であなたのやうに、
あんないきいきした新しい世界を
命にかけてしんから望んだ、
さういふ自力で得たのでないことが
あなたの前では恥かしい。
あなたこそまことの自由を求めました。
求められない鐵の圍の中にゐて
あなたがあんなに求めたものは、
結局あなたを此世の意識の外に遂ひ、
あなたの頭をこはしました。

あなたの苦しみを今こそ思ふ。
日本の形は変りましたが、
あの苦しみを持たないわれわれの変革を
あなたに報告するのはつらいことです。

山林

私はいま山林にゐる。
生來の離群性はなほりさうもないが、
生活は却て解放された。
村落社會に根をおろして
世界と村落とをやがて結びつける氣だ。
強烈な土の魅力は私を捉へ、
撃壤の民のこころを今は知つた。
美は天然にみちみちて
人を養ひ人をすくふ。

こんなに心平らかな日のあることを
私はかつて思はなかつた。
おのれの暗愚をいやほど見たので、
自分の業績のどんな評價をも快く容れ、
自分に鞭する千の非難も素直にきく。
それが社會の約束ならば
よし極刑とても甘受しよう。
詩は自然に生れるし、
彫刻意慾はいよいよ燃えて
古來の大家と日毎に接する。

無理なあがきは為ようともせず、
しかし休まずじりじり進んで
歩み盡きたらその日が終りだ。
決して他の國でない日本の骨格が
山林には嚴として在る。
世界に於けるわれらの國の存在理由こ
この骨格に基くだらう。
圍爐裏にはイタヤの枝が燃えてゐる。
炭焼く人と酪農について今日も語つた。
五月雨はふりしきり、

田植のすんだ静かな部落に
カッコウが和音の點々をやってくる。
過去も遠く未來も遠い。

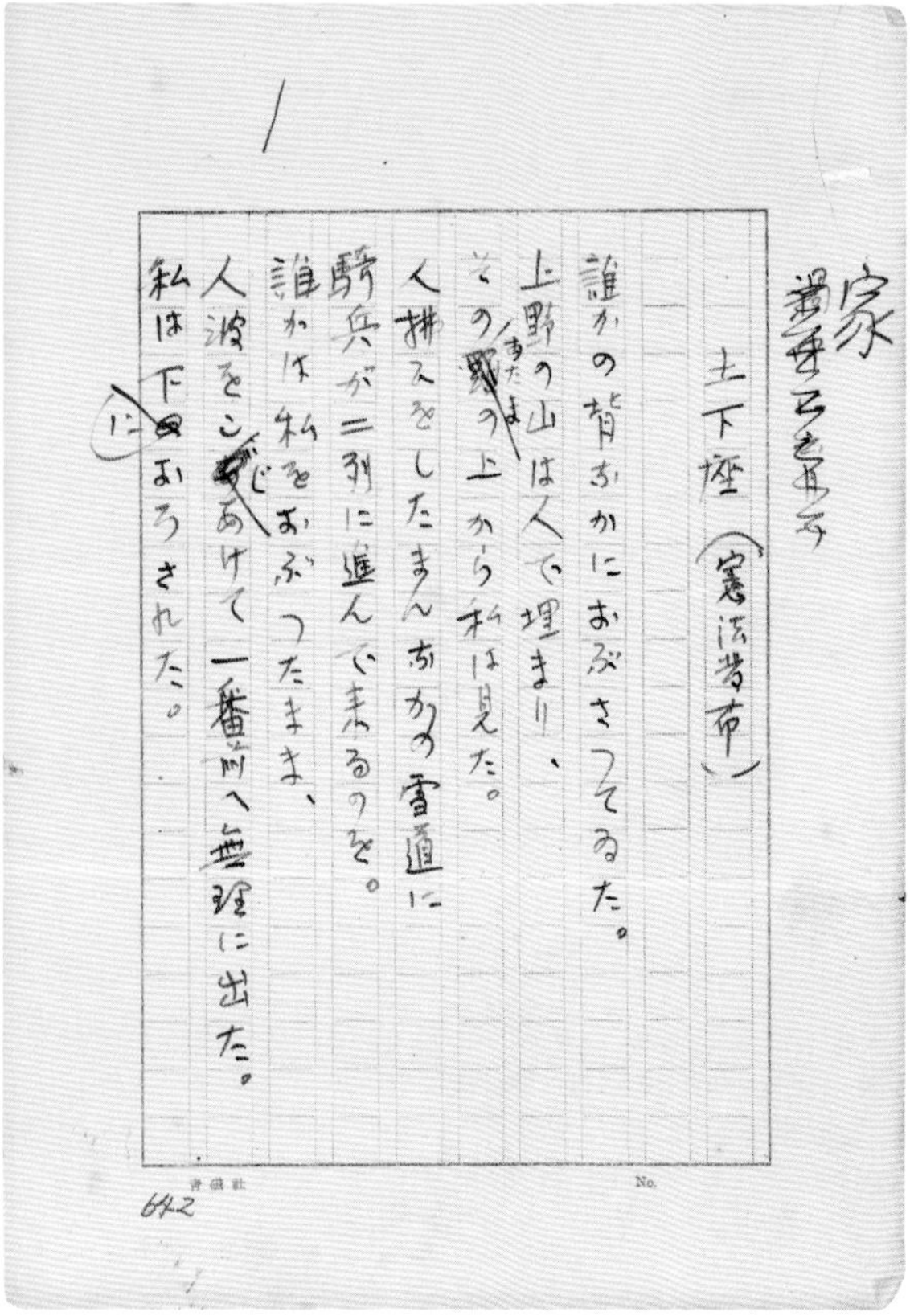
1

家

土下座（憲法発布）

誰かの背なかにおぶさつてゐた。
上野の山は人で埋まり、
その山の上から私は見た。
人払をしたまんなかの雪道に
騎兵が二列に進んで来るのを。
誰かは私をおぶつたまま、
人波をこじあけて一番前へ無理に出た。
私は下におろされた。

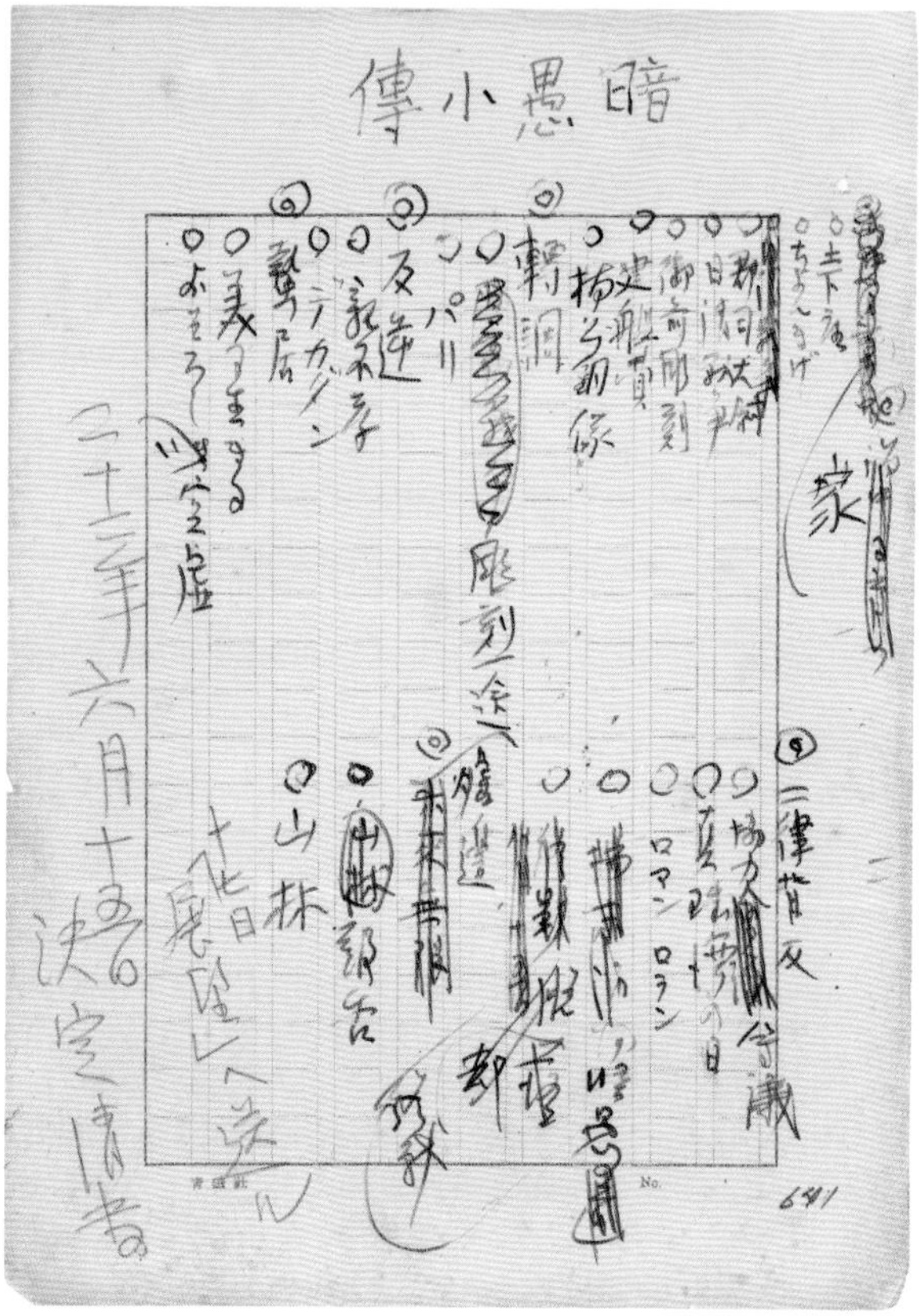
暗愚小傳

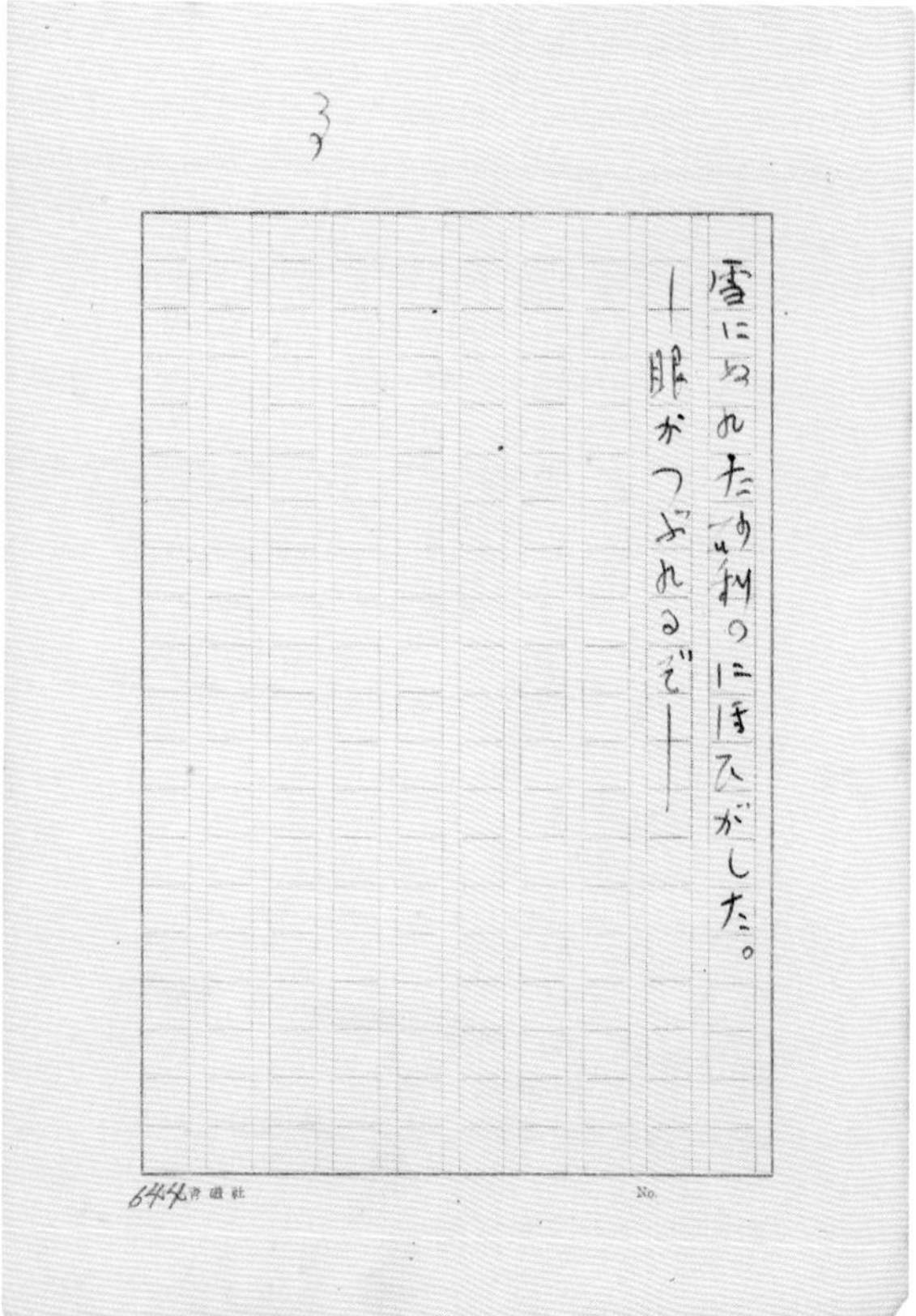
雪にぬれた砂利のにほひがした。
－眼がつぶれるぞ－

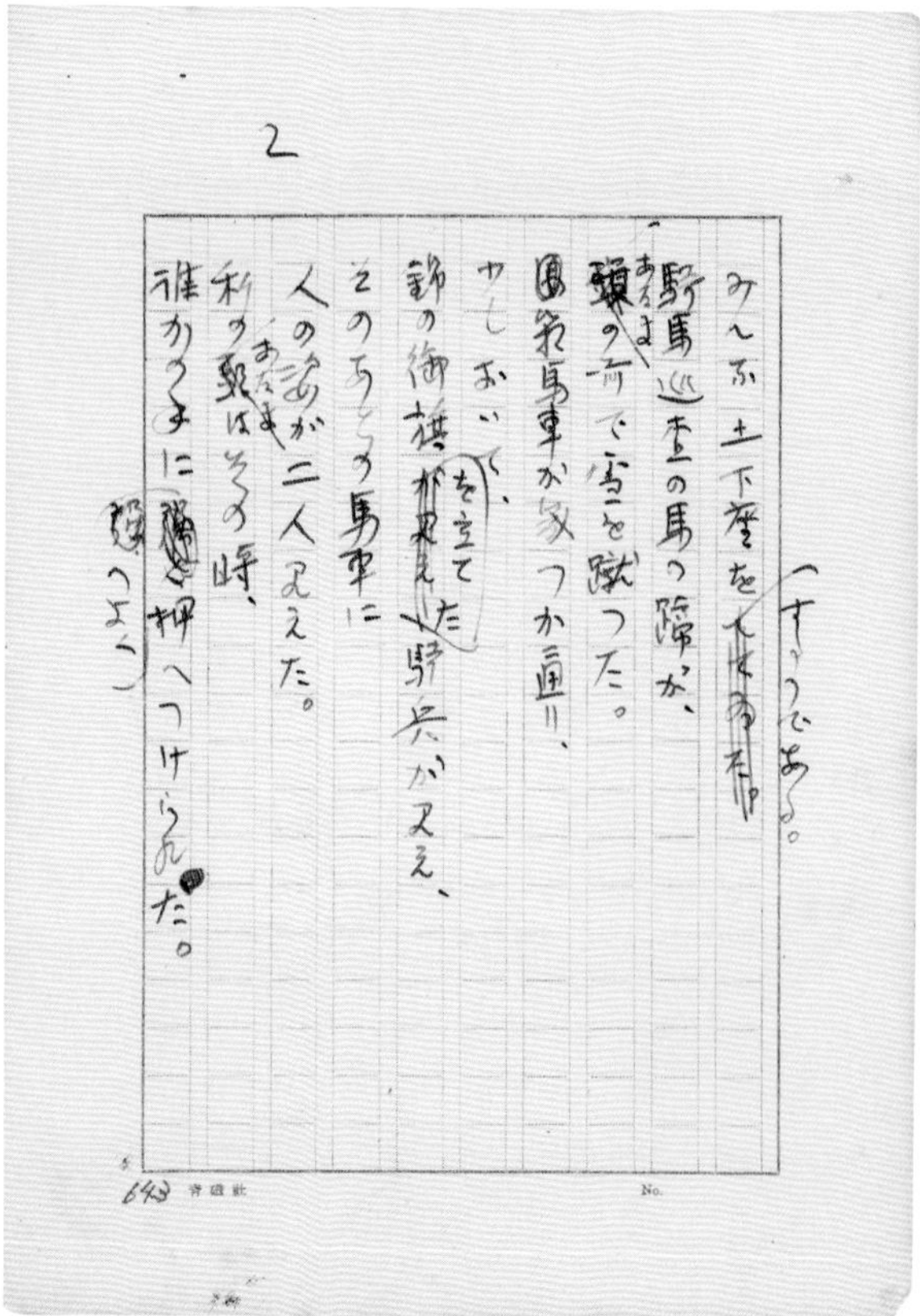
2

みんな土下座をしたのである。
騎馬巡査の馬の蹄が、
あたまの前で雪を蹴つた。
箱馬車がいくつか通り、
そのあとの馬車に
人の姿が二人みえた。
私のあたまはその時、
誰かの手に押へつけられた。

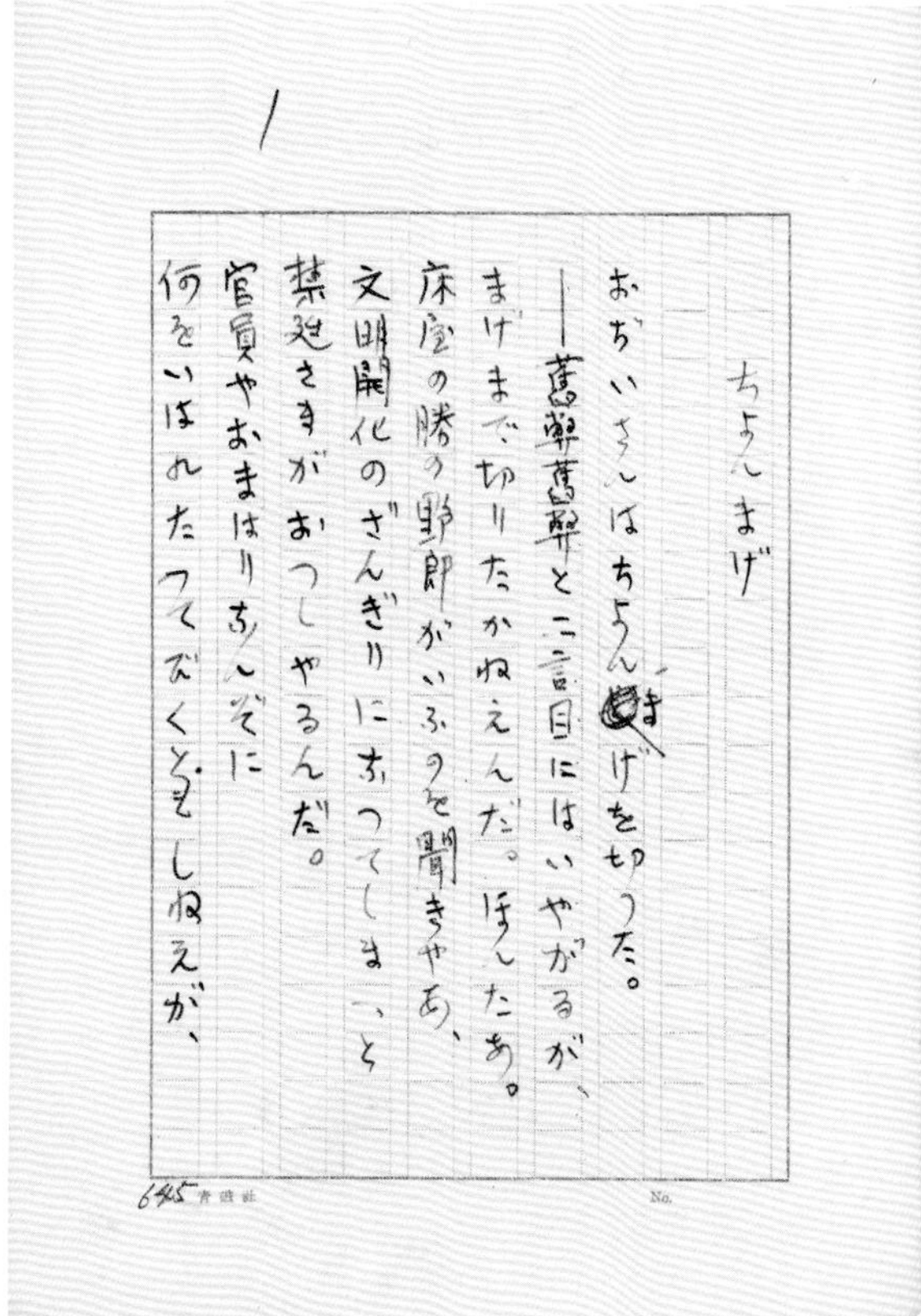
1

ちよんまげ

おぢいさんはちよんまげを切つた。
――舊弊舊弊と二言目にはいやがるが、
まげまで切りたかねえんだ。ほんたあ。
床屋の勝の野郎がいふのを聞きやあ、
文明開化のざんぎりにあつてしまへ、と
禁廷さまがおつしやるんだ。
官員やおまはりあんぞに
何をいはれたつてびくともしねえが、

645 青磁社　No.

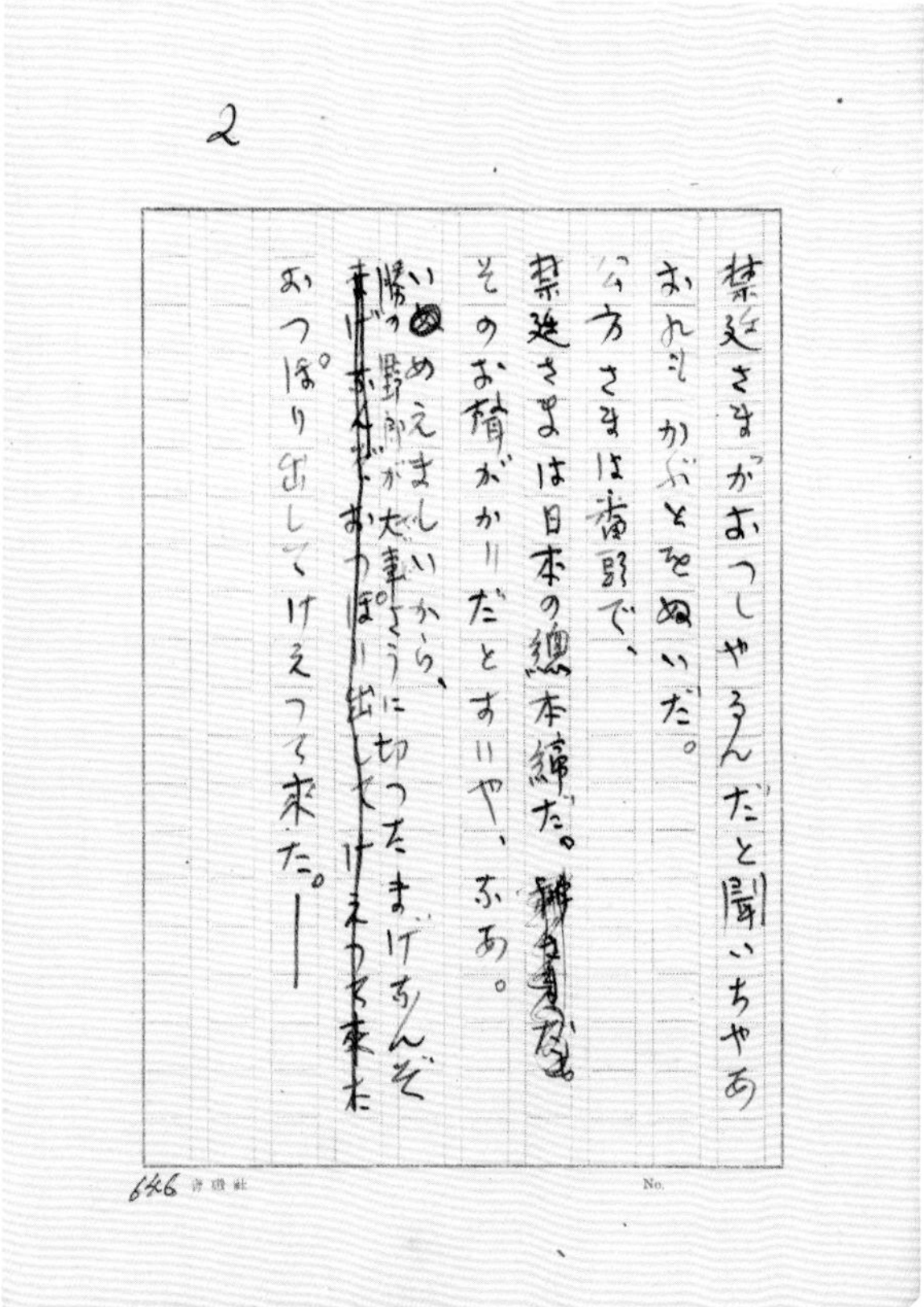
2

禁廷さまがおつしやるんだと聞いちやあ
おれもかぶとをぬいだ。
公方さまは番頭で、
禁廷さまは日本の總本締だ。
そのお指がかりだとすりや、ふあ。
いめえましいから、
勝の野郎が大事さうに切つたまげあんぞ
おつぽり出してけえつて来た。――

646 青磁社　No.

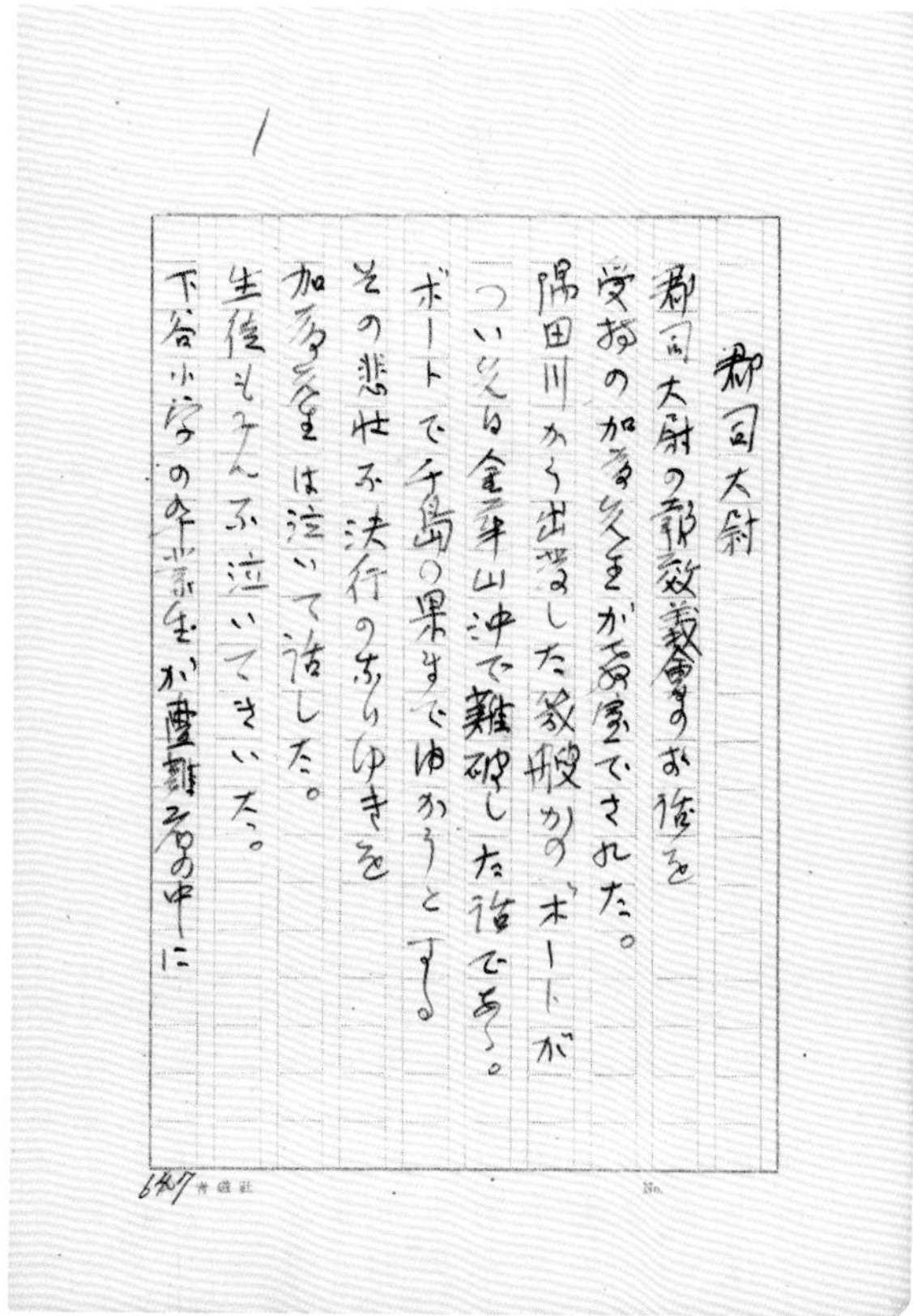
1

郡司大尉

郡司大尉の報效義會のお話を
受持の加藤先生が教室でされた。
隅田川から出發した數艘のボートが
ついに金華山沖で難破した話である。
ボートで千島の果まで ゆかうとする
その悲壯な決行のなりゆきを
加藤先生は泣いて話した。
生徒もみんな泣いてきいた。
下谷小學の六年生が[illegible]の中に

647 青磁社　No.

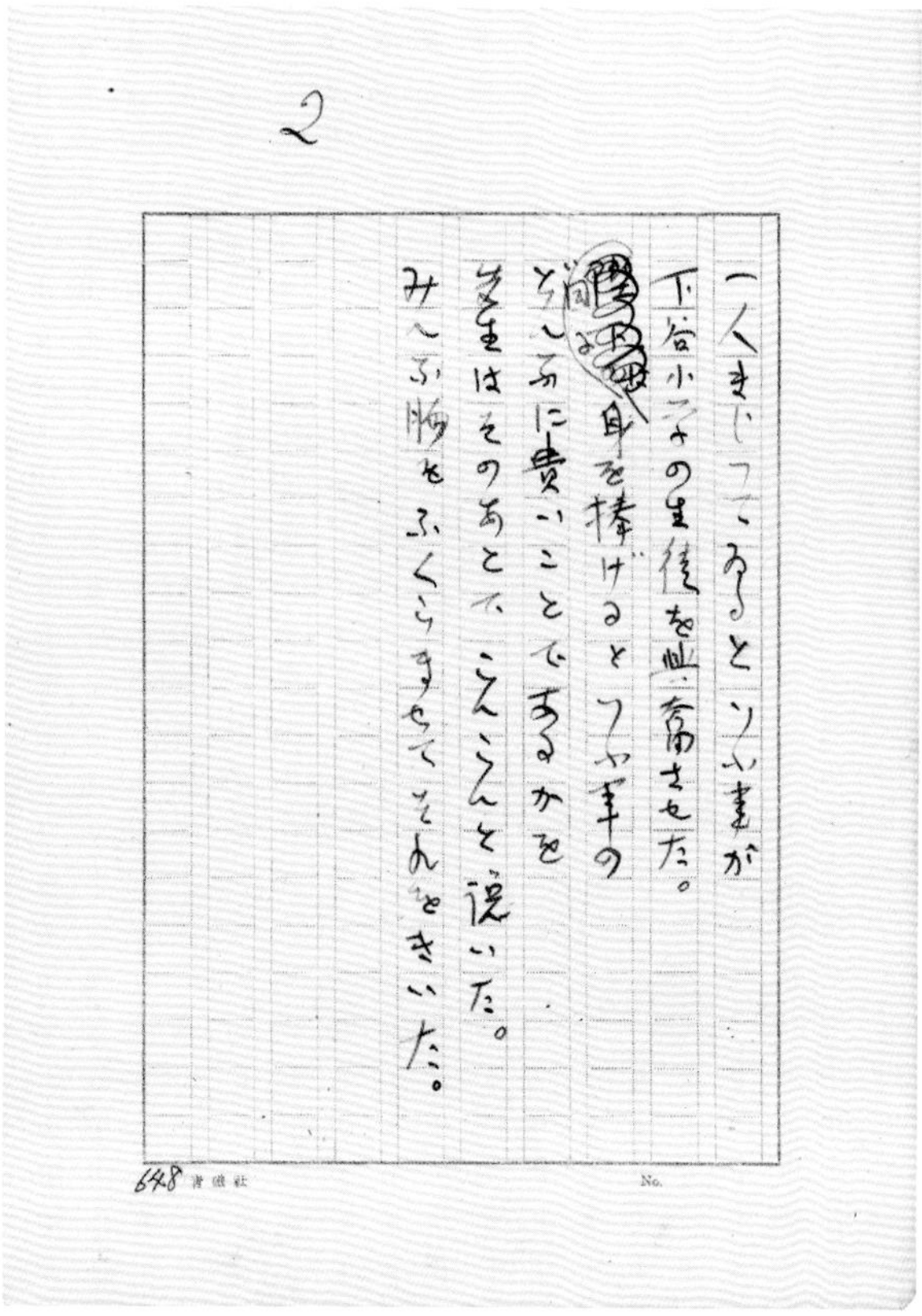
2

一人まじつてゐるといふ事が
下谷小學の生徒を興奮させた。
身を捧げるといふ事の
どんなに貴いことであるかを
先生はそのあとでこんこんと說いた。
みんな胸をふくらませてそれをきいた。

648 青磁社　No.

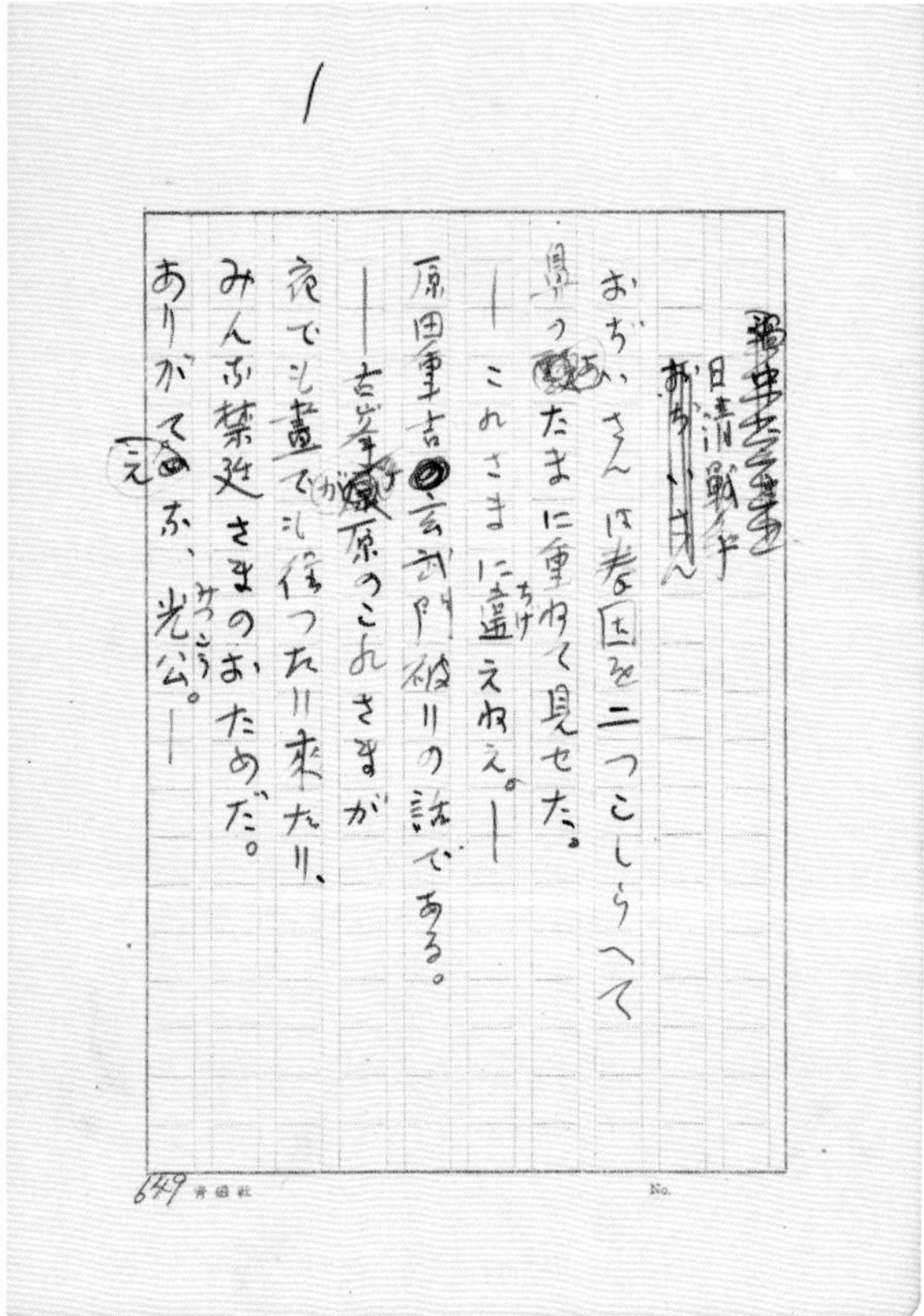

1

日清戦争

おぢいさんは拳固を二つこしらへて
鼻っあたまに重ねて見せた。
――これさまに違えねえ。――
原田重吉の玄武門破りの話である。
――古峯が原のこれさまが
夜でも昼でも往ったり来たり、
みんな禁廷さまのおためだ。
ありがてえ、光公。――

649 青磁社　No.

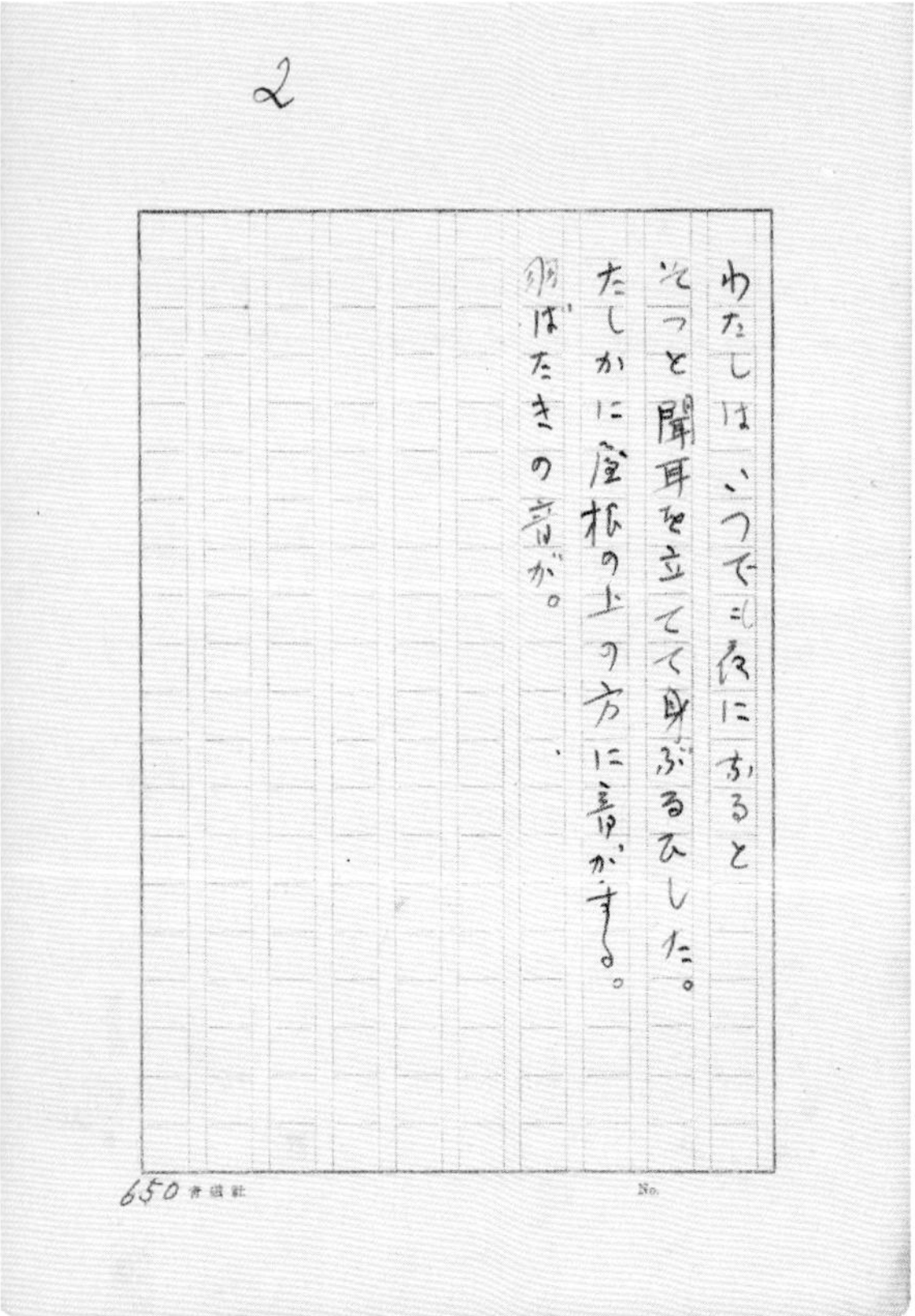

2

わたしはいつでも夜になると
そっと聞耳を立てて身ぶるひした。
たしかに屋根の上の方に音がする。
羽ばたきの音が。

650 青磁社　No.

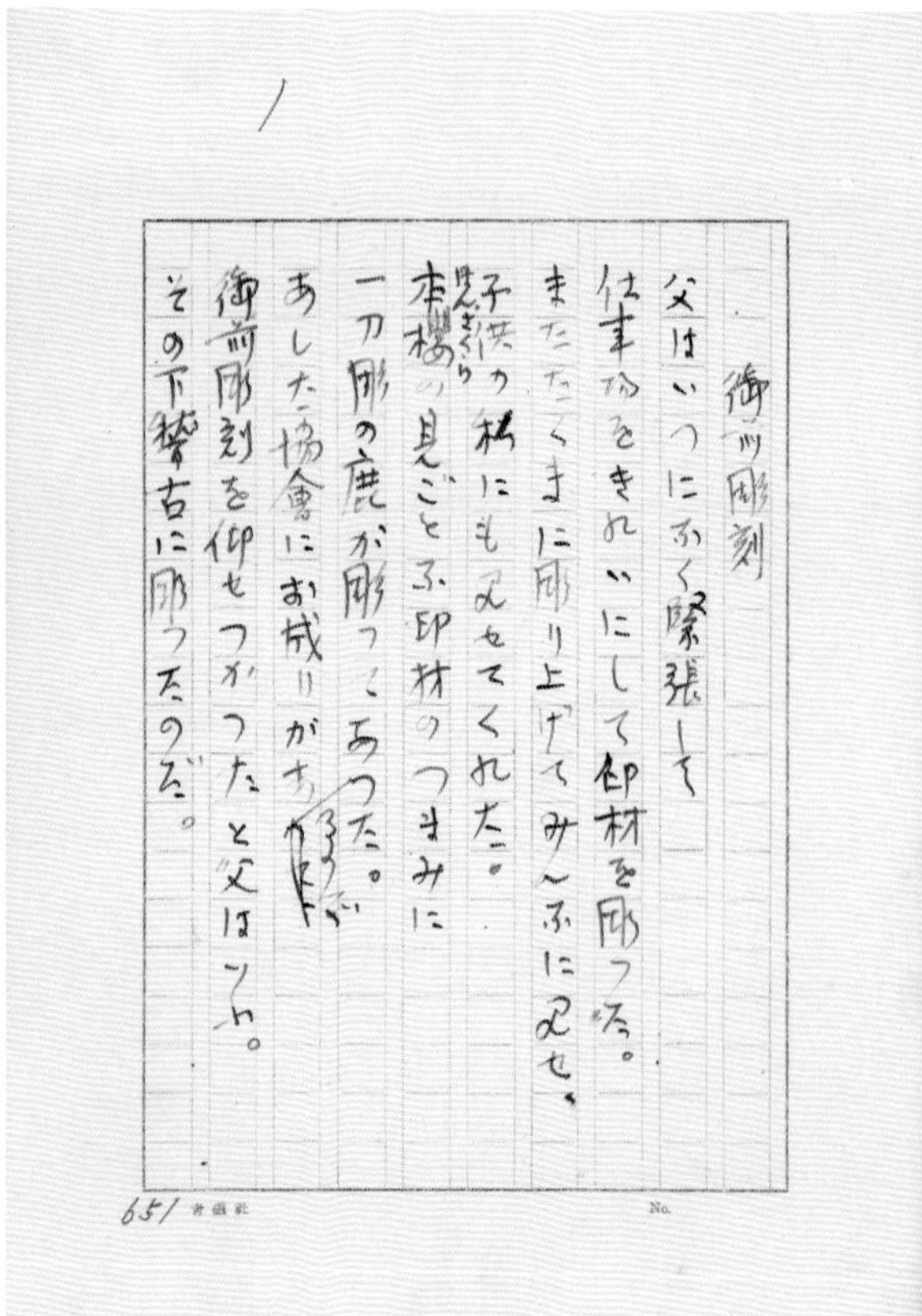

1

御前彫刻

父はいつになく緊張して
仕事場をきれいにして印材を彫った。
またたくまに彫り上げてみんなに見せ、
子供の私にも見せてくれた。
本櫻の見ごとな印材のつまみに
一刀彫の鹿が彫ってあった。
あした協會にお成りがあるのだ
御前彫刻を仰せつかったと父は云ふ。
その下稽古に彫ったのだ。

651 青磁社　No.

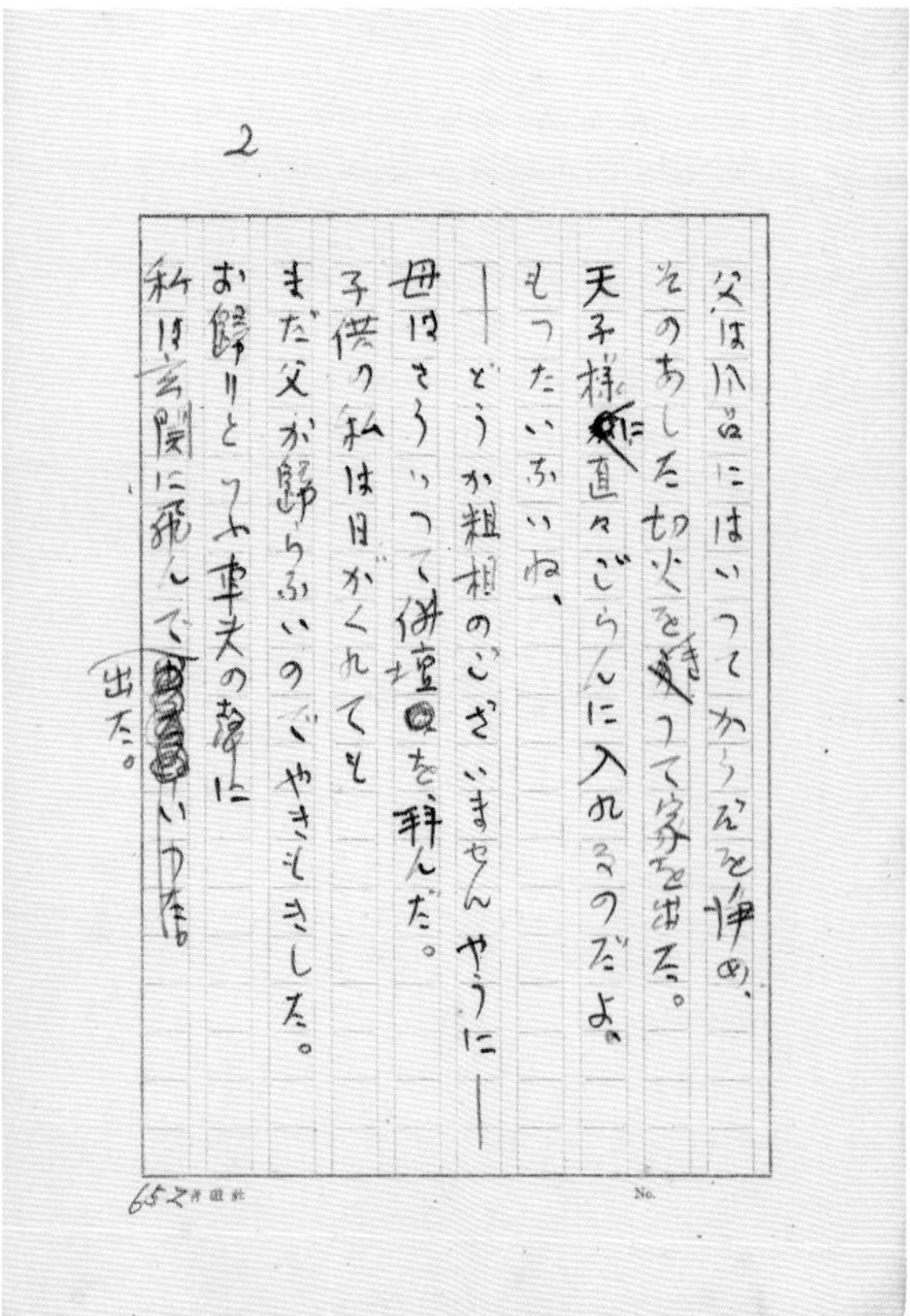

2

父は風呂にはいってからだを浄め、
そのあした切火をきって家を出た。
天子様に直々ごらんに入れるのだよ。
もったいないね、
――どうか粗相のございませんやうに――
母はさういって仏壇を拝んだ。
子供の私は日がくれても
まだ父が帰らないのでやきもきした。
お帰りといふ車夫の声に
私は玄関に飛んで出た。

652 青磁社　No.

1

建艦費

日清戦争は終つても
戦争意識はますますあがつた。
次の戦争に備へるため
軍艦を造る費用を捻出するのだ。
陛下が一ばん先に大金を下され、
官吏は向う数年何か、
俸給の幾分かを差引かれた。
父はその事を夜の茶の間で
母や私にくはしく話した。

653 青磁社　No.

2

遼東還附とかいふことで
天子さまがひどく御心配遊ばされると、
父はしんから心おそれた。
——だからこれから一銭も無駄をするな
[illegible]いか。——

654 青磁社　No.

楠公銅像

——まづ無事にすんだ。——
父はさういつたきりだつた。
楠公銅像の木型を見せよといふ
陛下の御言葉が傳へられ、
美術学校は大騒ぎをした。
萬端の支度をととのへて、
木型はほぐされ運搬され、
二重橋内に組み立てられた。
父がその主任である。

655 青磁社　No.

2

陛下はつかつかと出られ、
木型のまはりをまはられた。
かぶとの鍬形の剣の楔が一本、
打ち忘られてゐた為に、
風の吹くたびに剣がゆれる。
もしそれが落ちたら切腹と
父は決心してゐたとあとできいた。
茶の間の火鉢の前で[illegible]をふく
多きを語らなかつた父の顔に
安心の喜ばかりでない

656 青磁社　No.

1

転調

彫刻一途

日本膨張悲劇の最初の飴、
日露戦争に私はうとかった。
ただ旅順口の悲惨な話と、
日本海々戦の號外と、
小村大使やウ井ッテ伯の好評補と、
そのくらゐがあたまに残った。
私は二十歳をこえて研究科に居り、
夜となく晝となく心をつくして、
彫刻修業に夢中であった。

658 青磁社 No.

2

まったく世の中を知らぬ夢中の天地に
ただ彫刻の真がつかみたかった。
父も学校先生も職人にしか見えなかった。
職人以上のものが知りたかった。
まっくらなまはりの中で手さぐりに
世界の彫刻を探しあるいた。
いつのことだか忘れたが
私と話すつもりで来た啄木も
彫刻一途のお坊ちゃんの世間見ずに
すっかりあきらめて帰っていった。

659 青磁社 No.

3

日露戦争の勝敗よりも
ロダンとかいふ人の事が知りたかった。

660 青磁社 No.

3

浮かないもののあったのは
その九死一生の思が残ってゐたのだ。
父は命をささげてゐたらう。
人知れず私はあとで涙を流した。

657 青磁社 No.

1

パリ

私はパリで大人になつた。
はじめて異性に触れたのもパリ。
はじめて魂の解放を得たのもパリ。
パリは珍しくもないやうな顔をして
人類のどんな種属をもうけ入れる。
思考のどんな系譜をも拒まない。
美のどんな異質をも枯らさない。
良も不良も新しきも古きも低いも高いも
凡そ人間の範疇にあるものは同居させ、

661 青磁社 No.

2

必然な事物の自浄作用にあとはまかせる。
パリの魅力は人をつかむ。
人はパリで息がつける。
近代はパリで起り、
美はパリで醇熟し萌芽し、
頭脳の新細胞はパリで生まれる。
フランスがフランスを超えて存在する
この底無しの世界の都の一隅にゐて、
私は時に国籍を忘れた。
故郷は遠く小さくけちくさく、

662 青磁社 No.

3

うるさい田舎のやうだつた。
私はパリではじめて彫刻を悟り、
詩の真実に開眼され、
そこの庶民の一人一人に
文化のいはれを見てとつた。
悲しい思で是非もなく、
比べやうもない落差を感じた。
日本の事物国柄の一切を
なつかしみながら否定した。

663 青磁社 No.

反逆

親不孝

狭くるしい檻のやうな神戸が見えた。
フジヤマは美しかつたが小さかつた。
むやみに喜ぶ父と母とを前にして、
私は心であやまつた。
あれほど親思ひといはれた奴の頭の中に
今何があるかをごぞんじない。
私が親不孝になることは
人間の名に於いて己むを得ない。
私は一個の人間として生きようとする。

664 青磁社 No.

2.

一切がへんなこの国では（をゆるされぬ）
それは反逆に外ならない。
父や母のたのしく待つた家庭の夢は
いちばんさきに破れるだらう。
それがどんなことになつてゆくか、
自分にもわからない。
良俗美俗にはづれるだけは確かである。
[illegible]
――あんな顔しくねるよ。――
母は私の枕もとで小さくささやく。
かかる愛を私はこれからどうしよう。
（かかる恩 うける）

665

デカダン

諷刺頽廃文学、
かれはやるほど脛をかじる。
銅像建立もおことわり、
学校参観もおことわり、
縁談見合もおことわり。
それぢやどうすればいいのさ、
あの子にも困つたものだと
親戚中でさわいでゐますよ。
鍍格より鴻の巣でリキユウルをなめあふる

666

2

私はどこ吹く風かといふやうに酔つてゐる。
酔つてゐるやうなのんでゐる。
まつたくゆくべきところがない。
デカダンと人はいつて嗤かるが、
こんな痛い良心のめざめを誰も知らない。
遅すぎる青春がやつてきて、
私はますます深みに落ちる。
意識しながらずり落ちる。
カトリツクに縁があつたら
きつとクルスにすがつてゐたらう。

667

3

クルスの代りにうつやくざ者の眼の前に
寺院のやうに現はれたのが邦素子であつた。

668

蟄居

美に生きる

一人の女性の愛に清められて、
私はやつと自己を得た。
言はうやうなき荒涼をつづけながら、
私はもう一度美の世界にとびこんだ。
生来の離群性は
私を個の鍛冶に専念せしめて
世上の葛藤にうとからしめた。
政治も経済も社会運動そのものさへも
影のやうにしか見えなかつた。

2

智恵子と私とただ二人で
人に知られぬ生活を戦ひつつ
都会のまんなかに蟄居した。
二人で築いた夢のかずかずは
みんな内の世界のものばかり。
検討するのも内部生命、
蓄積するのも内部細胞。
私は美の強い腕に誘導せられて
ひたすら彫刻の道に骨身をけづつた。

おそろしい空虚

母はとうに死んで居た。
東郷元帥と前後して
まさかと思つた父も死んだ。
智恵子の狂気はさかんになり
七年病んで智恵子が死んだ。
私は精根をつかひはたし、
がらんどうな月日の流の中に、
死んだ智恵子をうつつに求めた。
智恵子が私の支柱であり、

2

智恵子が私のジヤイロであつたことが、
死んでみるとはつきりした。
智恵子の個体が消えてなくなり、
智恵子が普遍の存在となつて、
いつでもそこにあるにはあるが、
もう手でつかめず声もきかない。
肉体こそ真である。
私はひとりアトリエにゐて、
裏打の無い唐紙のやうに、
いつ破れるか知れない気がした。

3

いつでもからだのどこかにほろ穴があり、
精神のバランスに無理があつた。
私は斗酒なほ辞せずであるが、
空腹をうづめる酒はない。
妙にふらふら巷をあるき、
こはれるままに本を編んだり、
変な方角の詩を書いたり、
アメリカ屋のトンカツを発見したり、
十銭の甘らつきようをかじつたり、
隠亡（おんぼう）と遊んだりした。

673 青磁社 No.

二律背反

協力会議

協力会議といふものができて、
民意を上通するといふ。
かねて私淑してゐた人が来て、
或夜国情の非をつぶさに語り、
私に委員になれといふ。
たしぬけを驚いてゐる世代でない。
民意が上通できるなら、
上通したいことは山ほどある。
結局私は委員になつた。

674 青磁社 No.

2

一旦まはりはじめると、
歯車全部はいやでも動く。
一人一人の持つてきた
民意は果して上通されるか。
一種異様の重圧が、
かへつて上からのしかかる。
協力会議は一方的な
或る意志による機関となつた。
会議場の建物の五階から
霊廟のやうな議事堂が見えた。

675 青磁社 No.

霊廟のやうな議事堂と書いた詩は、
赤く消されて新聞社から返つてきた。
会議の空気は窒息的で、
私の中にある猛獣は、
官僚くささに中毒し、
夜毎に曠野を望んで吼えた。

676 青磁社 No.

真珠湾の日

宣戰布告よりもさきに聞いたのは、
ハワイ辺で戰があつたといふことだ。
つひに太平洋で戰ふのだ。
詔勅をきいて身ぶるひした。
この容易ならぬ瞬間に、
私の頭脳はランビキにかけられ、
昨日が遠い昔になり、
遠い昔が今となつた。
天皇あやふし。

677 青磁社 No.

ただこの一語が
私の一切を決定した。
子供の時のおぢいさんが、
父が母がそこに居た。
少年の日の家の雲霧が、
部屋一ぱいに立ちこめた。
私の耳は祖先の聲で満たされ、
陛下が、陛下がと、
あへぐ意識は眩いた。
身をすてるほかいまはない。

678 青磁社 No.

陛下をまもらう。
詩をすてて詩を書かう。
記録を書かう。
同胞の荒廃を出来れば防がう。
私はその夜木星の大きく光る駒込台で、
ただしんけんにさう思ひつめた。

679 青磁社 No.

ロマン ロラン

ひとりアトリエの隅に居て、
深くしづかに息をつくと、
ひろい大きな世界のこころが
涙のやうに私をぬらした。
やさしい強いあたたかい手が
私の肩にやんはり置かれた。
まぶたをあけるとロマン ロランが
額ぶちの中に今もゐる。
ロマン ロランの友の會、

680 青磁社 No.

2

それは人間の愛と尊重と
魂の自由と尊さとを学ぶ
友だち同志の集まりだつた。
ロマン　ロランは言ふやうだ。
―パトリオチスムの本質を
君はまだ本気に考へないのか。
あれ程ものを読んでみて、
君にはまだヴエリテが見えないのか。
ペルメルの上に居られないのか。
今のまじめなやうな君よりも

681

3

むしろ無頼の昔の君を愛する。―
さういふ時に鳴るサイレンは
たちまち私を宮城の方角に向けた。
本能のやうにその力は強かつた。
私には二つの詩が生れた。
一つは印刷され、
一つは印刷されない。
どちらも私はむきに書いた。
暗愚の魂を自らあはれみながら、
やつぱり私は記録をつづけた。

682

暗愚

金がはいるときまつたやうに、
夜がふけてから家を出た。
心にたまる膿のうづきに
メスを加へることの代りに、
足は場末の酒場に向いた。
―お父さん、これでも日本は勝てますの。
―勝つさ。
―あたし昼間は徴用でせう。無理ばつかし言はれるのよ。

683

2

―さうよ。なにしろ無理ね。
―おい隣のおやぢ、いかう。
―歯ぎしりぞつらいや。バイトを買ひに大阪行きた。
―大きな聲しちやだめよ。あれがやかましいから。
―お父さん。ほんとこ、これで勝つんかしら。
―勝つさ。

684

3

午前二時に私はかへる。
電信柱に自爆しながら。

685

終戦

すつかりきれいにアトリエが焼けて、
私は奥州花巻に来た。
そこであのラジオをきいた。
私は端坐してふるへてゐた。
日本はつひに赤裸となり、
人心は落ちて底をついた。
占領軍に飢餓を救はれ、
わづかに亡滅を免れてゐる。
その時天皇はみづから進んで、

686

2

われ現人神にあらずと説かれた。
日を重ねるに従つて、
私の眼からは梁が取れ、
いつのまにか六十年の重荷は消えた。
再びおぢいさんも父も母も
遠い涅槃の座にかへり、
私は大きく息をついた。
不思議なほどの脱却のあとに
ただ人たるの愛がある。
雨過天青の青磁いろが

687

3

廓然とした心ににほふ。
いま悠々たる無一物に
私は荒涼の美を満喫する。

688

1

爆発

報告（[illegible]に）
日本はすつかり変りました。
あなたの辱ぶるんする程いやがつてゐた
あの傍若無人のがさつな階級が、
とにかく存在しないことになりました。
すつかり変つたといつても、
それは他力による変革で、
（つまりの井教育と人はいひます。）
内からの爆発であなたのやうに、
あんないきいきした新しい世界を

689 青磁社　No.

2

卵にかけてしんから望んだ、
さういふ自力で得たのでないことが
あなたの前では恥かしい。
あなたこそ、まことの自由を求めました。
求められない鉄の囲の中にゐて、
あなたがあんなにおのぞみしたのは、
結局あなたを此世の意識の外に逐ひ、
あなたの頭をこはしました。
あなたの苦しみを今こそ思ふ。
日本の形は変りましたが、

690 青磁社　No.

3

あの苦しみをあなたに　われわれの変革を
あなたに報告するのはつらいことです。

691 青磁社　No.

山林

私はいま山林にゐる。
生来の離群性はなほりさうもないが、
生活は却つて解放された。
村落の秩序に根をおろして、
世界と村落とをやがて結びつける気だ。
強烈な土の魅力は私を捉へ、
撃壌の民のこころを今こそ知つた。
美は天然にみちみちて、
人を養ひ人を賊ふ。

692 青磁社　No.

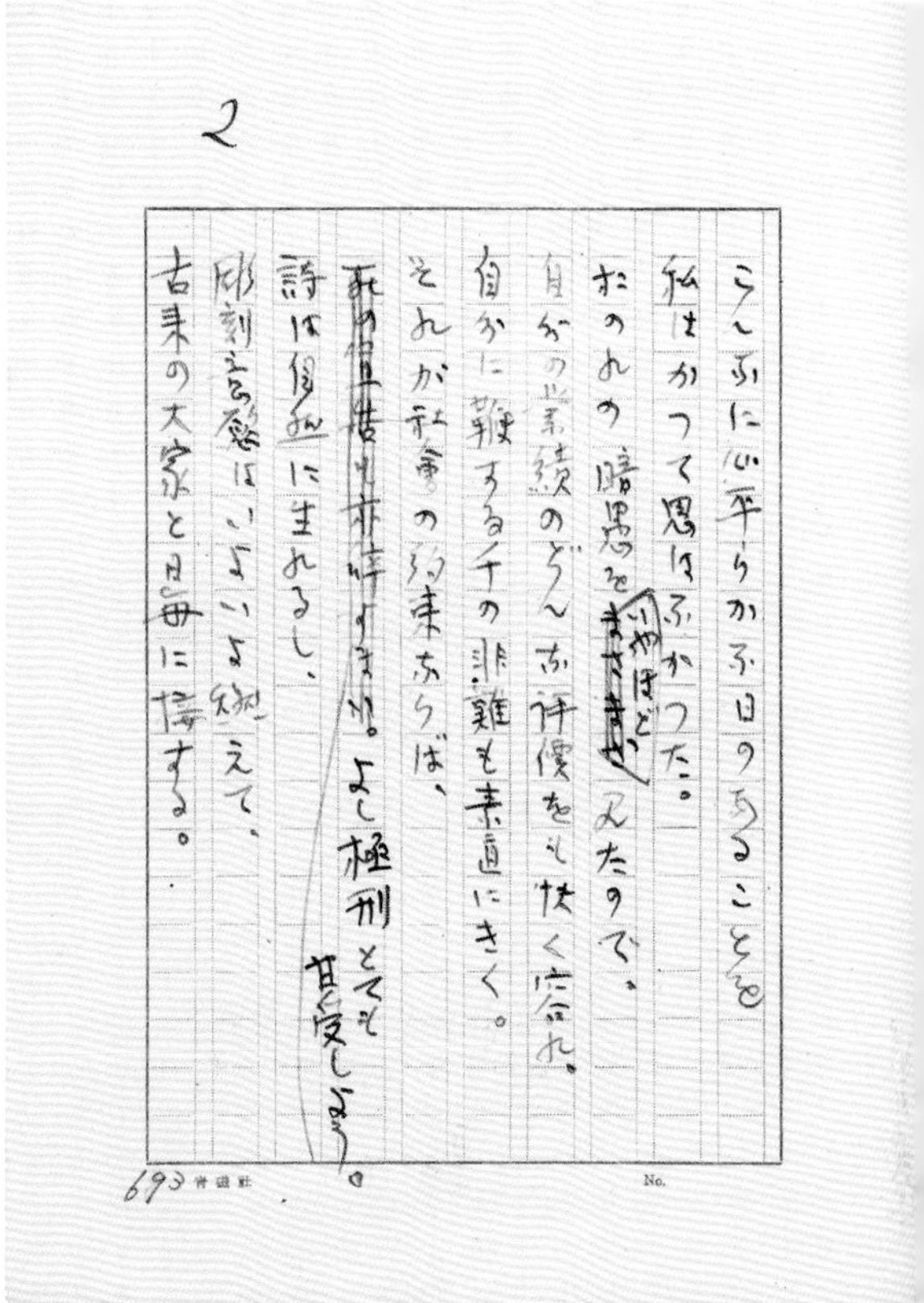

2

こんなに心平らかな日のあることを
私はかつて思はなかつた。
おのれの暗愚をいやほど見たので、
自分の業績のどんな評價をも快く容れ、
自分に對する千の非難も素直にきく。
それが社會の約束ならば、
よし極刑とても甘受しよう。
詩は自然に生れるし、
彫刻意慾はいよいよ燃えて、
古来の大家と日毎に接する。

693

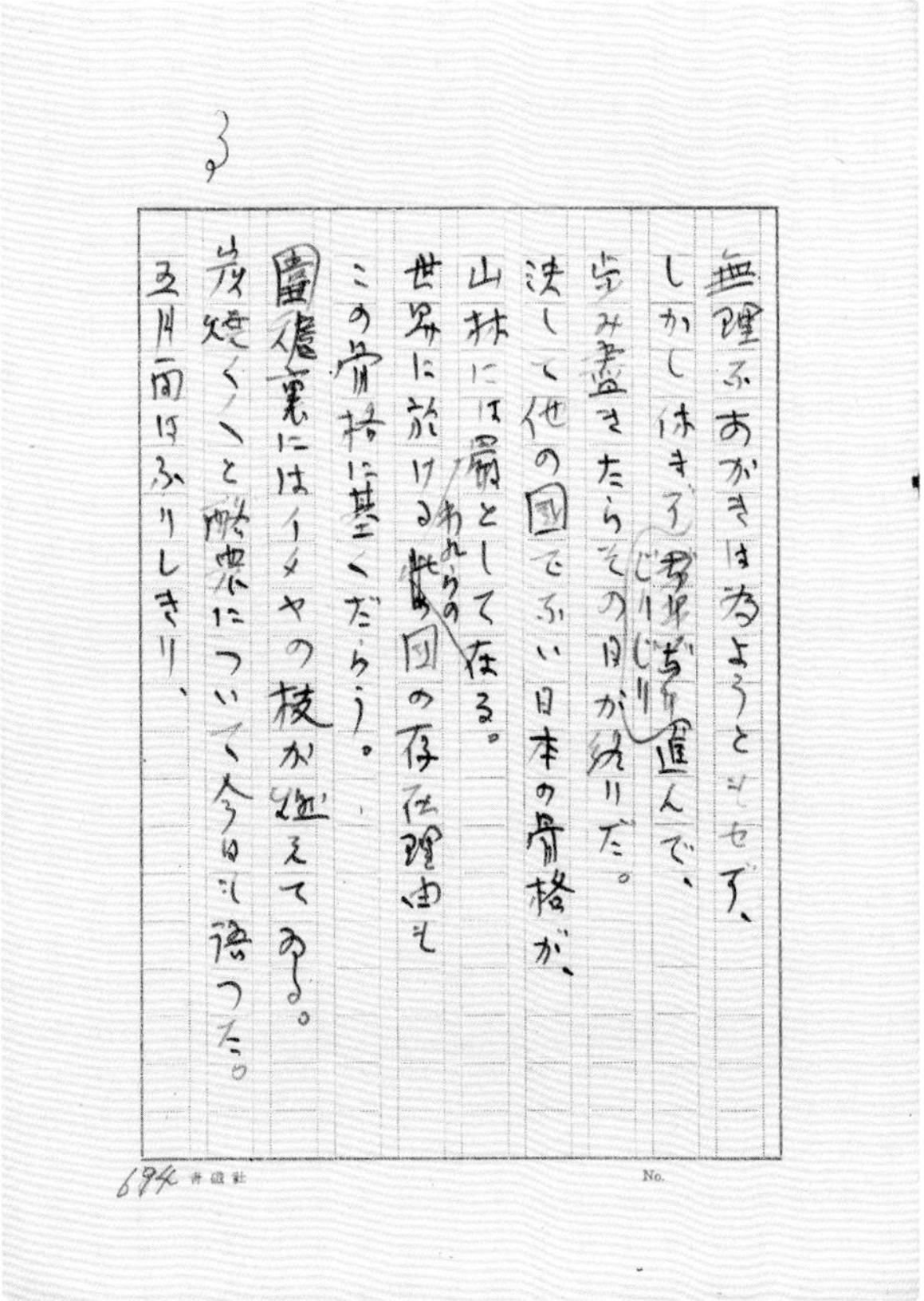

3

無理なあがきは為ようとせず、
しかし休まずじりじり進んで、
歩み盡きたらその日が終りだ。
決して他の國でない日本の骨格が
山林には厳として在る。
世界に於けるわれらの國の存在理由も
この骨格に基くだらう。
圍爐裏にはイタヤの枝が燃えてゐる。
炭焼く人と酪農について今日も語つた。
五月雨はふりしきり、

694

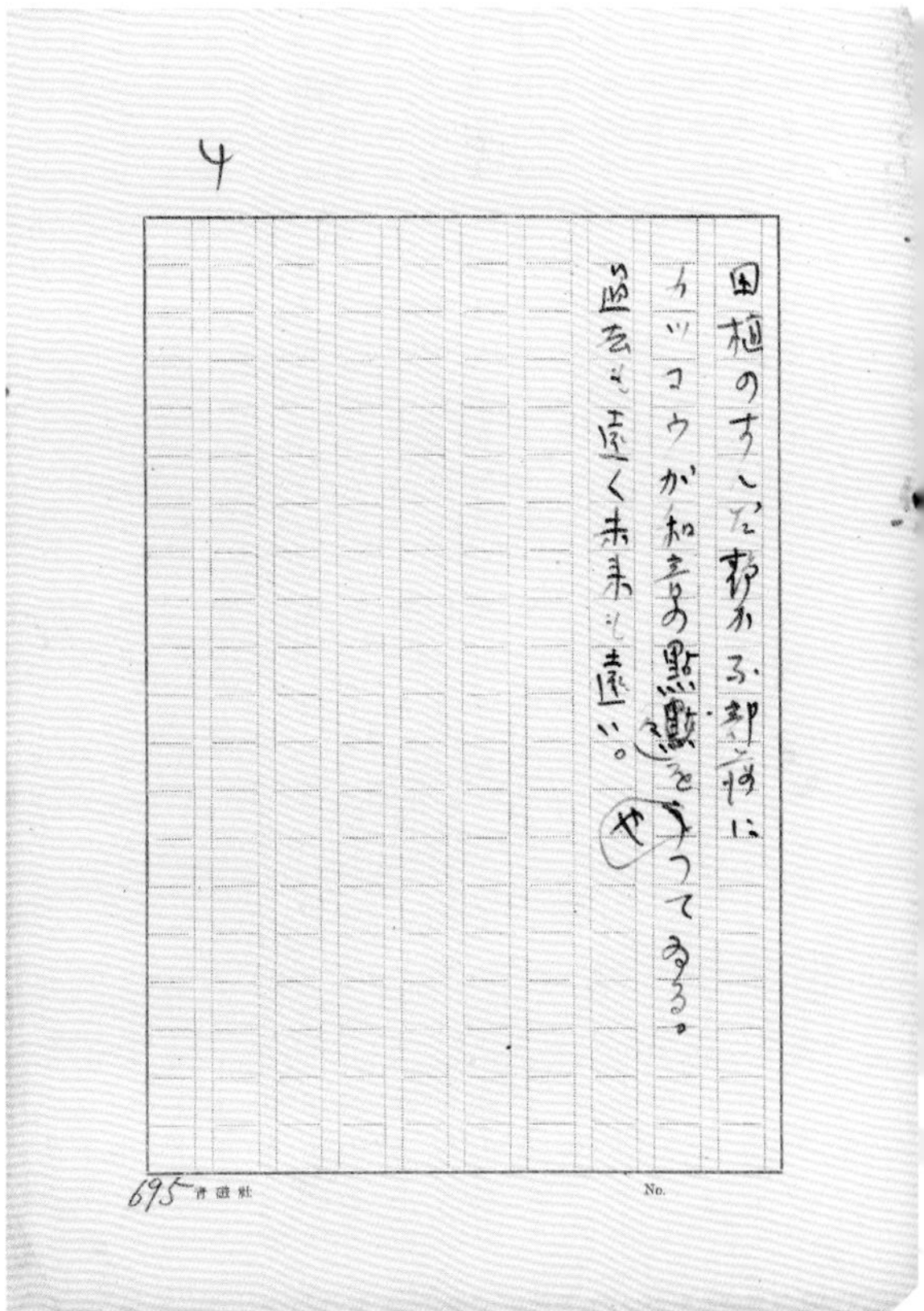

4

田植のすんだ静かな部落に
カツコウが和音の點點をやつてゐる。
過去も遠く未来も遠い。

695

「暗愚小伝」発想稿

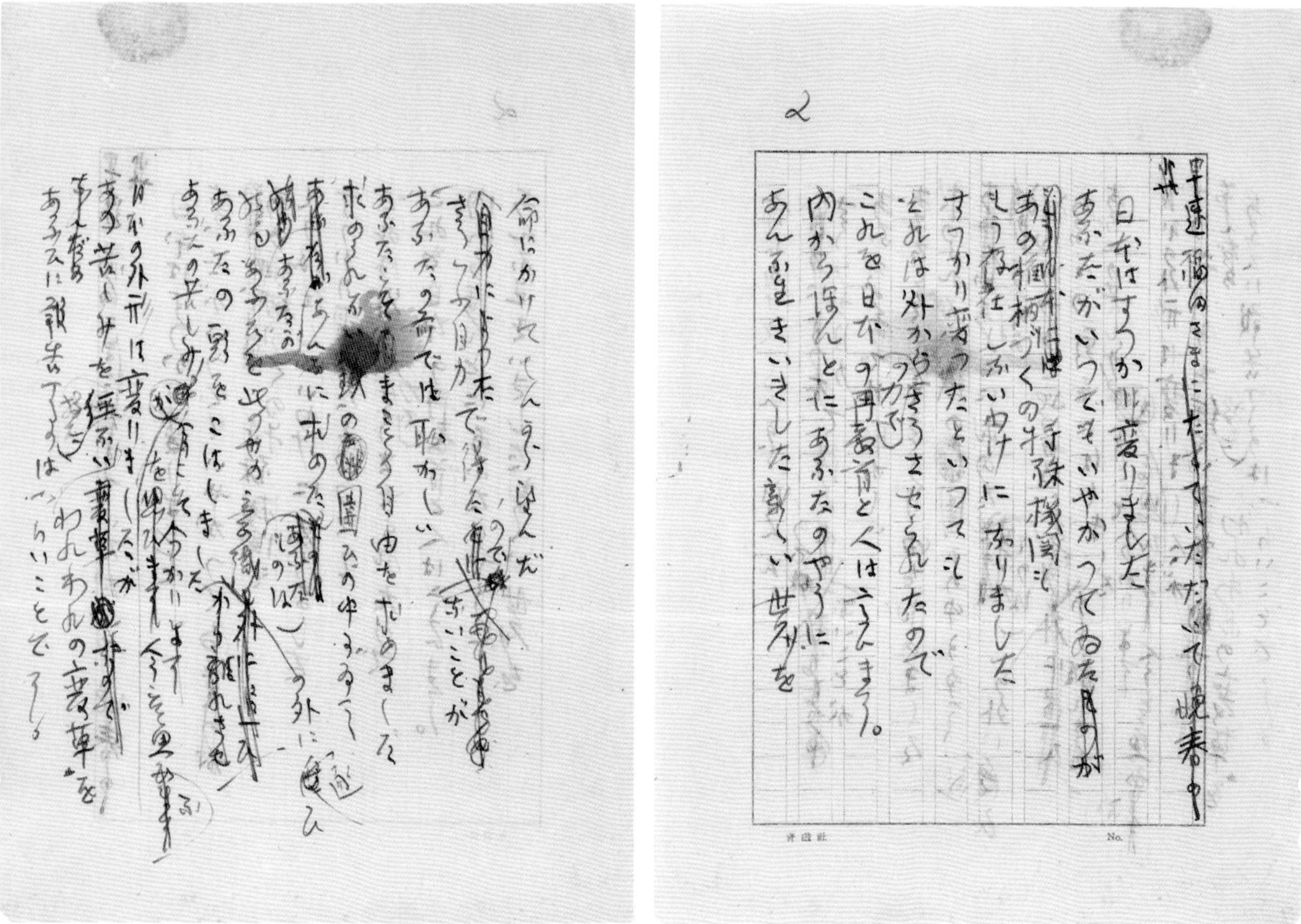

1 報告

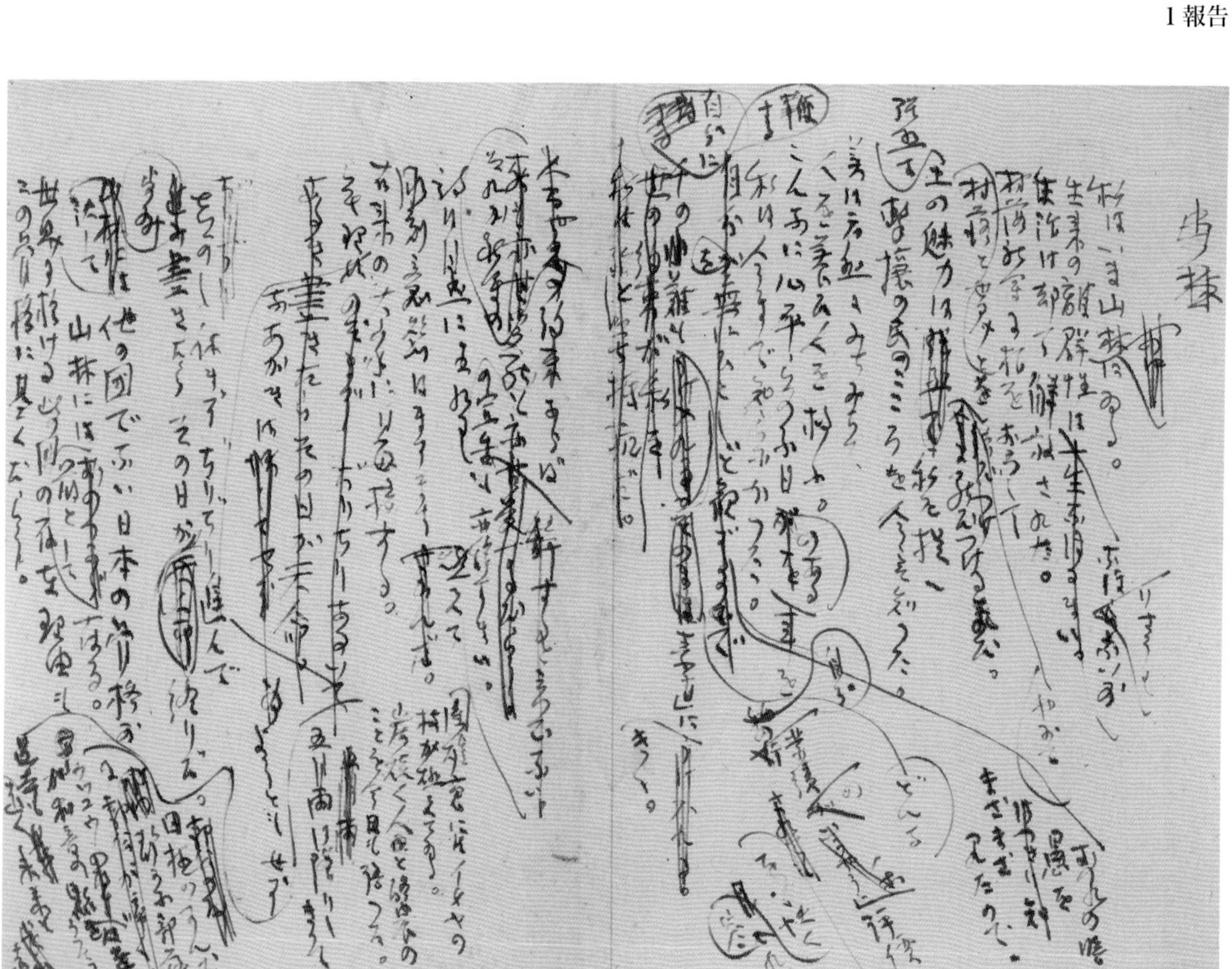

2 山林

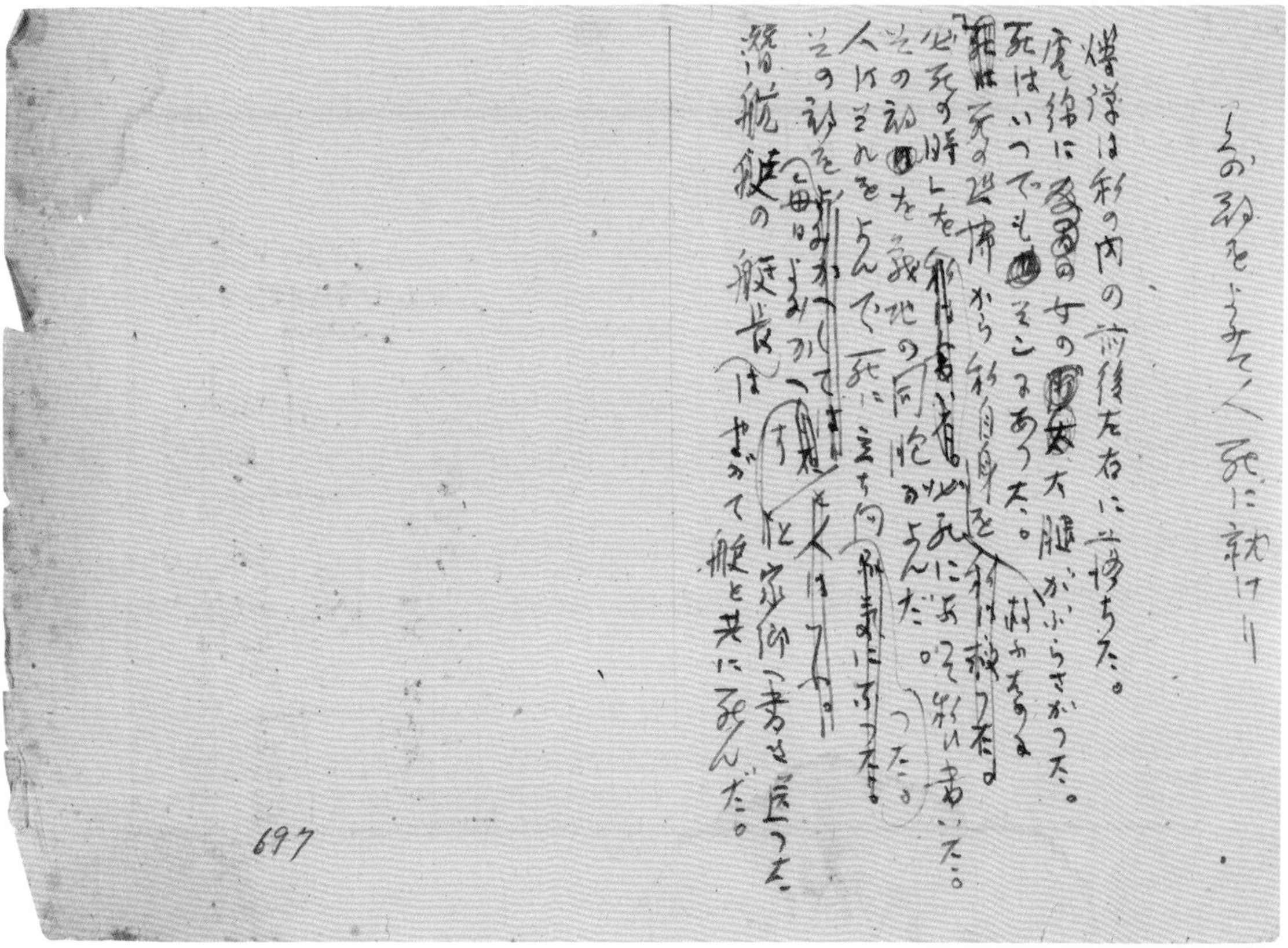

1 わが詩をよみて人死に就けり

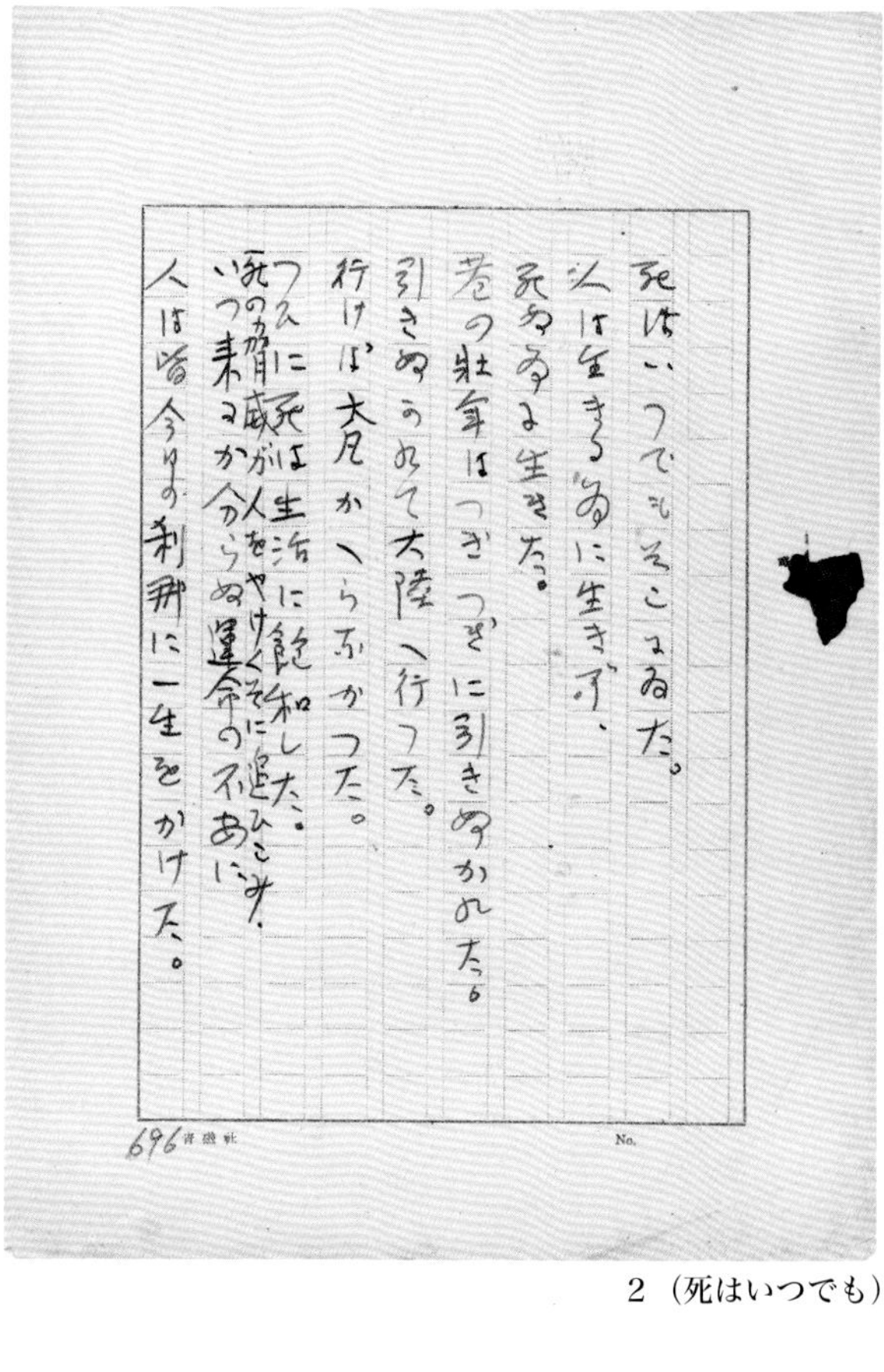

2 （死はいつでも）

原色図版解説

「暗愚小伝」清書詩稿

20×20（東・東—2）原稿用紙　25.1×34.2 cm

目次　一枚　本文　二十八枚

昭和二十二年六月十五日に岩手県稗貫郡太田村山口の小屋で浄書され、十七日に筑摩書房（東京都文京区本郷台町九）に送られた原稿。光太郎の指示通り「目次」を除き、七月一日発行の雑誌『展望』第十九号（A5判　64頁　発行者古田晁　編集者臼井吉見）に掲載された。46〜63頁　本文10ポ　18行　2段組。

1雑誌本文には次の誤植がある。

		詩稿	発表誌誤植
楠公銅像（家）	第21行	九死一生の思	九死一生の恩
報告（炉辺）	第12行	恥かしい	恥しい
	第16行	逐ひ	逐い

2「暗愚小伝」が昭和二十五年十月五日発行の詩集『典型』（中央公論社）に収められた時、次の箇所が改められて、最終形になった。

		発表誌	『典型』
暗愚（二律背反）	第10行	いかう。	一ぱいいかう。
終戦（二律背反）	第20行	心ににほふ。	心ににほひ、
山林（炉辺）	第3行	却て	卻て
	第19行	接する。	交はる。

3「報告」（炉辺）には白玉書房版『智恵子抄』（昭和21・11・25刊）を補うため、同時に清書された別稿がある。『智恵子抄』の他の詩篇との整合性を保つため句読点を除いたほか、第19行の「日本の形」が「日本の外形」となっている。これはIIの初稿を踏襲したものである。この別稿では第14行の「囲」に「ひ」が送られ、「囲ひ」と表記されている。

4「彫刻一途」（転調）の第5行「好対称」はそのまま『典型』にも踏襲されたが、『高村光太郎選集II　詩下』（昭和27・5・10 中央公論社）で「好対照」に改められて、最終形になった。

「暗愚小伝」草稿

10×21青磁社原稿用紙　五十五枚　17.6×24.6 cm（64頁〜77頁）

全体の構想が決まった時点で書かれた最初の草稿で、他の詩や散文の草稿と共に光太郎の手元に一括保存されていたもの。最終的な推敲の跡をたどることによって、光太郎のさまざまな思いを読み取ることが出来よう。

「暗愚小伝」発想稿

II以前の草稿のほとんどは破棄されて残らない。まったく偶然に湮滅を免れた二つの発想稿がある。

1報告（炉辺）

10×20青磁社原稿用紙　一枚表裏（78頁）

一行だけ書き損じたIIと同じ原稿用紙の、書簡反故表裏を利用した、「報告」の最初の形をうかがわせる発想稿。この詩が昭和二十一年十月五日の智恵子の命日に下書きされたことは、知られている。

2山林（炉辺）

B4判藁半紙　一枚　24.2×32.8 cm（78頁）

これはことに縦横に推敲された発想稿。印象深い詩句「それが社会の約束なら／よし極刑とても甘受しよう。」の周辺の変遷も、I、IIと対比されよう。

「暗愚小伝」断片

この詩群のために発想された幾つもの詩篇があったに違いないが、二つの断片だけが残されている。

1わが詩をよみて人死に就けり

10×20養徳社原稿用紙裏面　一枚　18.2×25.8 cm（79頁）

反故にした原稿用紙を横に用い、その裏面に記されている。昭和二十一年五月十一日に発想され（130頁参照）、後「二律背反」の最後に置こうと考えたが、結局未完成のまま除かれた。

2（死はいつでも）

10×20青磁社原稿用紙　一枚　17.6×24.6 cm（79頁）

IIと同じ原稿用紙にしたためられている。うたわれているのは太平洋戦争開戦直前の時期、光太郎が詩「必死の時」を書いたあたりの状況であろう。発想稿が別にあって清書を試みたものと推定されるが、これも捨てられた。

「暗愚小伝」釈文

土下座：恭い従う意思を表すため、地に膝まづき両手をついて示す敬礼の姿勢。
騎兵：行列を先導する騎馬の兵士の隊列。
騎馬巡査：群衆の整理、警備にあたる馬に乗った巡査。
箱馬車：屋根つきの箱型馬車。
錦の御旗：日月を縫い取りした厚手の赤い絹地の幡。天皇の軍隊の標識。
ちよんまげ：江戸の中頃以降一般だった、男の額髪を広く剃りあげ。前にむけて小さいもとどりを曲げた髪形。ちょん髷頭。
旧弊：古いしきたりや、それに捉えられた人。

家

土下座（憲法発布）

誰かの背なかにおぶさつてゐた。
上野の山は人で埋まり、
そのあたまの上から私は見た。
人払をしたまんなかの雪道に
騎兵が二列に進んでくるのを。
誰かは私をおぶつたまま、
人波をこじあけて一番前へ無理に出た。
私は下におろされた。
みんな土下座をするのである。
騎馬巡査の馬の蹄が
あたまの前で雪を蹴つた。
箱馬車がいくつか通り、
少しおいて、
錦の御旗を立てた騎兵が見え、
そのあとの馬車に
人の姿が二人見えた。
私のあたまはその時、
誰かの手につよく押へつけられた。
雪にぬれた砂利のにほひがした。
――眼がつぶれるぞ――

ちよんまげ

おぢいさんはちよんまげを切つた。
――旧弊々々と二言目にはいやがるが、
まげまで切りたかあねえんだ、ほんたあ。
床屋の勝の野郎がいふのを聞きやあ、

ざんぎり：ちょんまげを切り、西洋風に切りそろえた髪。ざんぎり頭。
禁廷さま：天皇。
公方さま：旧幕府の将軍。
古峯が原：関東にも、いたるところの山々に山岳信仰の霊地があった。中禪寺湖を挟んで北の日光二荒山と相対する、南の二千メートル以下の高原地帯古峯が原は、山伏、行者達にとって権威ある聖地だった。これらの山地には、それぞれに名だたる大天狗が棲む。古峯が原には隼人坊、赤城山には杉ノ坊、日光山には東光坊、光太郎が祖父に連れられていった小田原の道了権現には箱根山に本拠を持つ道了薩土埵がいた。
光公：光太郎は生まれた時、光太郎(みつたろう)と命名された。しかし美術学校を卒業する頃にはすでにしばしば、みずから光太郎(こうたろう)を名乗り、人もそう呼んだ。
印材：印鑑を彫るために細工された素材。
本桜：木彫に使われる木の素材については、光太郎の解説を聞こう。
「昔から日本では彫刻に使用する木材はほぼ定まっていた。檜、桂、樟(くす)、和白檀、朴、姫小松、栃、ツゲ、桜、などが重なもので、其他の木材は雑木と見なされ卑しめられていた。中でも檜、桜、樟などが最も良い正木とされていた。檜は木曽産が本場とされ、桜も本桜を貴び、犬桜は不可とされた。」（昭和18・4「某月某日」）犬桜は同じバラ科サクラ属の比較的暖地に自生する落葉喬木だが、白い房状の小花をつけ、彫刻材にもなるが、幹や枝には一種の臭気がある。本桜はおもに山桜で、材質は緻密堅実、狂いが少なく、粘りがあって細工しやすいので重用される。
一刀彫：一本の小刀で大きく面を取り、彫り出す技法、またはその作品。
切火：外出などの時、清めのため火打ち石と火打ち金を打ち合わせて打ちかける火花。

文明開化のざんぎりになつてしまへと、
禁廷さまがおつしやるんだ。
官員やおまはりなんぞに
何をいはれたつてびくともしねえが、
禁廷さまがおつしやるんだと聞いちやあ、
おれもかぶとをぬいだ。
公方さまは番頭で、
禁廷さまは日本の総本締だ。
そのお声がかりだとすりや、なあ。
いめえましいから、
勝の野郎が大事(でいじ)さうに切つたまげなんぞ
おつぽり出してけえつてきた。——

郡司大尉

群司(ママ)大尉の報效義会のお話を
受持の加藤先生が教室でされた。
隅田川から出発した幾艘かのボートが
つい先日金華山沖で難破した話である。
ボートで千島の果までゆかうとする
その悲壮な決行のなりゆきを
加藤先生は泣いて話した。
生徒もみんな泣いてきいた。
下谷小学の卒業生が遭難者の中に
一人まじつてゐるといふことが
下谷小学の生徒を興奮させた。
身を捧げるといふことの
どんなに貴いことであるかを、
先生はそのあとでこんこんと説いた。

みんな胸をふくらませてそれをきいた。

日清戦争

おぢいさんは拳固を二つこしらへて
鼻のあたまに重ねてみせた。
——これさまにちげえねえ。——
原田重吉玄武門破りの話である。
——古峯(こぶ)が原(はら)のこれさまが
夜でも昼でも往つたり来たり、
みんな禁廷さまのおためだ。
ありがてえな、光公(みつこう)。——
わたしはいつでも夜になると、
そつと聞耳を立てて身ぶるひした。
たしかに屋根の上の方に音がする。
羽ばたきの音が。

御前彫刻

父はいつになく緊張して
仕事場をきれいにして印材を彫つた。
またたくまに彫り上げてみんなに見せ、
子供の私にも見せてくれた。
本桜(ほんざくら)の見ごとな印材のつまみに
一刀彫の鹿が彫つてあつた。
あした協会にお成りがあるので
御前彫刻を仰せつかつたと父はいふ。
その下稽古に彫つたのだ。
父は風呂にはいつてからだを浄め、
そのあした切火をきつて家を出た。

天子さまに直々ごらんに入れるのだよ。
もつたいないね。
——どうか粗相のございませんやうに。——
母はさういつて仏壇を拝んだ。
子供のわたしは日がくれても
まだ父が帰らないのでやきもきした。
おかへりといふ車夫の声に
私は玄関に飛んで出た。

建艦費

日清戦争は終つても
戦争意識はますますあがつた。
次の戦争に備へるために
軍艦を造る費用を捻出するのだ。
陛下が一ばんさきに大金を下され、
官吏は向う幾年間か、
俸給の幾分かを差引かれた。
父はその事を夜の茶の間で
母や私にくはしく話した。
遼東還附とかいふことで
天子さまがひどく御心配遊ばされると、
父はしんから心おそれた。
——だからこれから光も無駄をするな。——
いいか。——

楠公銅像

——まづ無事にすんだ。——
父はさういつたきりだつた。

楠公銅像の木型を見せよといふ
陛下の御言葉が伝へられて、
美術学校は大騒ぎした。
万端の支度をととのへて
木型はほぐされ運搬され、
二重橋内に組み立てられた。
父がその主任である。
陛下はつかつかと庭に出られ、
木型のまはりをまはられた。
かぶとの鍬形の剣の楔が一本、
打ち忘れられてゐた為に、
風の吹くたび剣がゆれる。
もしそれが落ちたら切腹と
父は決心してゐたとあとできいた。
茶の間の火鉢の前でなんとなく
多きを語らなかつた父の顔に、
安心の喜ばかりでない
浮かないもののあつたのは、
その九死一生の思が残つてゐたのだ。
父は命をささげてゐるのだ。
人知れず私はあとで涙を流した。

転調

彫刻一途

日本膨張悲劇の最初の飴、
日露戦争に私は疎かつた。
ただ旅順口の悲惨な話と、
日本海々戦の号外と、

粗相：過ち。失敗。
車夫：高村家には登校や外出のためにお抱えの人力車の車夫がいた。
楠公：楠木正成。後醍醐天皇の召しに応じて兵を挙げ各地に転戦、最後に足利尊氏の大軍と湊川で戦い戦死した、南北朝時代の武将。
木型：もともと木彫の技法だが、木で銅像鋳造のための原型を分割して彫り、最後にそれを組み合わせる。
鍬形：兜を飾る二本の前立て。
最初の飴：ことを成し遂げるために指導者が使う「飴と鞭」の飴。大事に誘う甘言。

小村寿太郎：安政２年～明治44年外交官。外務大臣、特命全権大使となり、日英同盟、日露講和、韓国併合などのことに当る。
ウヰツテ：一八四九～一九一五　ロシヤの全権大使として日露講和のポーツマス条約を締結。帰国して首相をつとめる。
啄木：明治19年～明治45年　石川啄木。『明星』の詩人、歌人。歌集『一握の砂』など。
壷中の天地：壺の中だけに極限されて、外に眼の届かない小さな世界。中国の故事、「一壺天」による。

小村大使対ウヰツテ伯の好対称と、
そのくらゐがあたまに残つた。
私は二十歳をこえて研究科に居り、
夜となく昼となく心をつくして
彫刻修業に夢中であつた。
まつたく世間を知らぬ壺中の天地に
ただ彫刻の真がつかみたかつた。
父も学校の先生も職人にしか見えなかつた。
職人以上のものが知りたかつた。
まつくらなまはりの中で手さぐりに
世界の彫刻をさがしあるいた。
いつのことだか忘れたが、
私と話すつもりで来た啄木も、
彫刻一途のお坊ちやんの世間見ずに
すつかりあきらめて帰つていつた。
日露戦争の勝敗よりも
ロダンとかいふ人の事が知りたかつた。

パリ

私はパリで大人になつた。
はじめて異性に触れたのもパリ。
はじめて魂の解放を得たのもパリ。
パリは珍しくもないやうな顔をして
人類のどんな種属をもうけ入れる。
思考のどんな系譜をも拒まない。
美のどんな異質をも枯らさない。
良も不良も新も旧も低いも高いも、
凡そ人間の範疇にあるものは同居させ、
必然な事物の自浄作用にあとはまかせる。
パリの魅力は人をつかむ。
人はパリで息がつける。
近代はパリで起り、
美はパリで醇熟し萌芽し、
頭脳の新細胞はパリで生れる。
フランスがフランスを超えて存在する
この底無しの世界の都の一隅にゐて、
私は時に国籍を忘れた。
故郷は遠く小さくけちくさく、
うるさい田舎のやうだつた。
私はパリではじめて彫刻を悟り、
詩の真実に開眼され、
そこの庶民の一人一人に
文化のいはれを見てとつた。
悲しい思で是非もなく、
比べやうもない落差を感じた。
日本の事物国柄の一切を
なつかしみながら否定した。

反逆

親不孝

狭くるしい檻のやうに神戸が見えた。
フジヤマは美しかつたが小さかつた。
むやみに喜ぶ父と母とを前にして
私は心であやまつた。
あれほど親思ひといはれた奴の頭の中に
今何があるかをごぞんじない。

私が親不孝になることは
人間の名に於いて已むを得ない。
私は一個の人間として生きようとする。
一切が人間をゆるさぬこの国では、
それは反逆に外ならない。
父や母のたのしく待つた家庭の夢は
いちばんさきに破れるだらう。
どんなことになつてゆくか、
自分にもわからない。
良風美俗にはづれるだけは確である。
――あんな顔してねてるよ。――
母は私の枕もとで小さくささやく。
かういふ恩愛を私はこれからどうしよう。

デカダン

彫刻油画詩歌文章、
やればやるほど臑をかじる。
銅像運動もおことわり。
学校教師もおことわり。
縁談見合もおことわり。
それぢやどうすればいいのさ。
あの子にも困つたものだと、
親類中でさわいでゐますよ。
鎧橋の「鴻の巣」でリキユウルをなめながら
私はどこ吹く風かといふやうに酔つてゐる。
酔つてゐるやうにのんでゐる。
まつたく行くべきところが無い。
デカダンと人は言つて興がるが
こんな痛い良心の眼ざめを曾て知らない。
遅まきの青春がやつてきて
私はますます深みに落ちる。
意識しながらずり落ちる。
カトリツクに縁があつたら
きつとクルスにすがつてゐたらう。
クルスの代りにこのやくざ者の眼の前に
奇跡のやうに現れたのが智恵子であつた。

蟄居
　美に生きる

一人の女性の愛に清められて
私はやつと自己を得た。
言はうやうなき窮乏をつづけながら
私はもう一度美の世界にとびこんだ。
生来の離群性は
私を個の鍛冶に専念せしめて、
世上の葛藤にうとからしめた。
政治も経済も社会運動そのものさへも
影のやうにしか見えなかつた。
智恵子と私とただ二人で
人に知られぬ生活を戦ひつつ
都会のまんなかに蟄居した。
二人で築いた夢のかずかずは
みんな内の世界のものばかり。
検討するのも内部生命。
蓄積するのも内部財宝。
私は美の強い腕に誘導せられて

デカダン：décadent フランス語。頽廃者。日常の道徳意識を無視し、勝手な生き方に溺れる者。

「鴻の巣」：メエゾン・コオノス。小網町の日本橋川に架かる鎧橋のたもとにあった料理も出すカフェ。西洋通のマスターが居て、常連の文学者や美術家が「五色の酒」などのカクテルやコーヒーを楽しんだ。光太郎がメニューのデザインをしたこともある。

蟄居：虫が地中にこもるように、家に閉じこもって自分たちのいとなみに没頭していること。

離群性：仲間の群れから離れて、生きる事を好む性癖。

ひたすら彫刻の道に骨身をけづつた。

おそろしい空虚
母はとうに死んでゐた。
東郷元帥と前後して
まさかと思つた父も死んだ。
智恵子の狂気はさかんになり、
七年病んで智恵子が死んだ。
私は精根をつかひ果し、
がらんどうな月日の流の中に、
死んだ智恵子をうつつに求めた。
智恵子が私の支柱であり、
智恵子が私のジヤイロであつたことが
死んでみるとはつきりした。
智恵子の個体が消えてなくなり、
智恵子が普遍の存在となつて
いつでもそこに居るにはゐるが、
もう手でつかめず声もきかない。
肉体こそ真である。
私はひとりアトリエにゐて、
裏打の無い唐紙のやうに
いつ破れるか知れない気がした。
いつでもからだのどこかにほろ穴があり、
精神のバランスに無理があつた。
私は斗酒なほ辞せずであるが、
空虚をうづめる酒はない。
妙にふらふら巷をあるき、
乞はれるままに本を編んだり、
変な方角の詩を書いたり、
アメリカ屋のトンカツを発見したり、
十銭の甘らつきようをかじつたり、
隠亡と遊んだりした。

二律背反
協力会議
協力会議といふものができて
民意を上通するといふ。
かねて尊敬してゐた人が来て
或夜国情の非をつぶさに語り、
私に委員になれといふ。
だしぬけを驚いてゐる世代でない。
民意が上通できるなら、
上通したいことは山ほどある。
結局私は委員になつた。
一旦まはりはじめると
歯車全部はいやでも動く。
一人一人の持つてきた
民意は果して上通されるか。
一種異様な重圧が
かへつて上からのしかかる。
協力会議は一方的な
或る意志による機関となつた。
会議場の五階から
霊廟（モオゾレエ）のやうな議事堂が見えた。
霊廟のやうな議事堂と書いた詩は
赤く消されて新聞社からかへつてきた。

ジャイロ：gyrocompas フランス語。ジャイロスコープ。独楽の原理を利用した羅針儀。転輪羅針儀。地磁気の影響を受けない。
唐紙：竹の繊維に木の繊維をまぜて漉いた中国の紙。もろくて裂けやすい。
斗酒：一斗の酒。沢山の酒量。
本を編んだり：『新女苑』の投稿詩の選者になったり、十字屋書店の『宮沢賢治全集』の編者に加わったり、『道程』改訂版の編集に手を貸したりしたのも智恵子没後だが、自分の意志に関わりなく、「乞われるままに」書物の編著に関わったことがあるかどうかはよく分からない。
変な方角の詩：時事に関する詩が特に増えるのは、昭和十四年頃からだと言っていい。例えばこの年の作品から題名だけ拾えば、「東亜のあけぼの」「群長訓練」「軍艦旗」「事変二周年」「上海陸戦隊をおもふ」「乃木大将を憶ふ」等々。昭和十二年七月には日支事変が勃発し、戦火は大陸に拡がっていた。
甘らつきよう：甘酢に漬けたらっきょう。安直な食菜、酒のつまみ。
隠亡：墓守り、埋葬、火葬のとき死体を焼いたりする職業。それに従事する者。

会議の空気は窒息的で
私の中にゐる猛獣は
官僚くささに中毒し、
夜毎に曠野を望んで吼えた。

真珠湾の日

宣戦布告よりもさきに聞いたのは
ハワイ辺で戦があつたといふことだ。
つひに太平洋で戦ふのだ。
詔勅をきいて身ぶるひした。
この容易ならぬ瞬間に
私の頭脳はランビキにかけられ、
昨日は遠い昔となり、
遠い昔が今となつた。
天皇あやふし。
ただこの一語が
私の一切を決定した。
子供の時のおぢいさんが、
父が母がそこに居た。
少年の日の家の雲霧が
部屋一ぱいに立ちこめた。
私の耳は祖先の声でみたされ、
陛下が、陛下がと
あえぐ意識は眩(めくるめ)いた。
身をすてるほか今はない。
陛下をまもらう。
詩をすてて詩を書かう。
記録を書かう。

同胞の荒廃を出来れば防がう。
私はその夜木星の大きく光る駒込台で
ただしんけんにさう思ひつめた。

ロマン ロラン

ひとりアトリエの隅にゐて
深くしづかに息をつくと、
ひろい大きな世界のこころが
涙のやうに私をぬらした。
やさしい強いあたたかい手が
私の肩にやんはり置かれた。
眼をあげるとロマン ロランが
額ぶちの中に今も居る。
ロマン ロランの友の会。
それは人間の愛と尊重と
魂の自由と高さとを学ぶ
友だち同志の集りだつた。
ロマン ロランは言ふやうだ。
——パトリオチスムの本質を
君はまだ本気に考へないのか。
あれ程ものを読んでゐて、
君にはまだヴエリテが見えないのか。
ペルメルの上に居られないのか。
今のまじめなやうな君よりも
むしろ無頼の昔の君を愛する。——
さういふ時に鳴るサイレンは
たちまち私を宮城の方角に向けた。
本能のやうにその力は強かつた。

ランビキ：蘭引。江戸時代にポルトガル語から転化した。混合液体から沸点の低い成分を分離するための蒸留器。
少年の日の雲霧：少年の日に光太郎を取り巻き、育てた家と時代の雰囲気。「家」の詩篇参照。
パトリオチスム：patriotisme フランス語。愛国心
ヴエリテ：vérité フランス語。真実。
ペルメル：pêle-mêle フランス語。混乱。

歯ぎり屋：歯車削りの旋盤工。
現人神（あらひとがみ）：人の姿をとってこの世に現れた神。
梁（うつばり）：正しく見ることを妨げていた大きな偏見のたとえ。
涅槃の座：死者が本来安住すべき、煩悩をたった悟りの境地。
荒涼の美：荒れ果てて物寂しいと思われるものの中にもある本質的な美。

私には二いろの詩が生れた。
一いろは印刷され、
一いろは印刷されない。
どちらも私はむきに書いた。
暗愚の魂を自らあはれみながら
やつぱり私は記録をつづけた。

暗愚

金がはいるときまつたやうに
夜が更けてから家を出た。
心にたまる膿のうづきに
メスを加へることの代りに
足は場末の酒場に向いた。
——お父（とう）さん、これで日本は勝てますの。
——勝つさ。
——あたし昼間は徴用でせう。無理ばつかし言はれるのよ。
——さうよ。なにしろ無理ね。
——おい隅のおやぢ。いかう。
——歯ぎり屋もつらいや。バイトを買ひに大阪行きだ。
——大きな声しちやだめよ。あれがやかましいから。
——お父さん、ほんとんとこ、これで勝つんかしら。
——勝つさ。
午前二時に私はかへる。
電信柱に自爆しながら。

終戦

すつかりきれいにアトリエが焼けて、
私は奥州花巻に来た。
そこであのラヂオをきいた。
私は端坐してふるへてゐた。
日本はつひに赤裸となり、
人心は落ちて底をついた。
占領軍に飢餓を救はれ、
わづかに亡滅を免れてゐる。
その時天皇はみづから進んで、
われ現人神（あらひとがみ）にあらずと説かれた。
日を重ねるに従つて、
私の眼から梁が取れ、
いつのまにか六十年の重荷は消えた。
再びおぢいさんも父も母も
遠い涅槃の座にかへり、
私は大きく息をついた。
不思議なほどの脱却のあとに
ただ人たるの愛がある。
雨過天青の青磁いろが
廓然とした心にほふ。
いま悠々たる無一物に
私は荒涼の美を満喫する。

炉辺

報告（智恵子に）

日本はすつかり変りました。

あなたの身ぶるひする程いやがつてゐた
あの傍若無人のがさつな階級が
とにかく存在しないことになりました。
すつかり変つたといつても、
それは他力による変革で、
（日本の再教育と人はいひます。）
内からの爆発であなたのやうに、
あんないきいきした新しい世界を
命にかけてしんから望んだ、
さういふ自力で得たのでないことが
あなたの前では恥かしい。
あなたこそまことの自由を求めました。
求められない鉄の囲の中にゐて
あなたがあんなに求めたものは、
結局あなたを此世の意識の外に逐ひ、
あなたの頭をこはしました。
あなたの苦しみを今こそ思ふ。
日本の形は変りましたが、
あの苦しみを持たないわれわれの変革を
あなたに報告するのはつらいことです。

山林

私はいま山林にゐる。
生来の離群性はなほりさうもないが、
生活は却て解放された。
村落社会に根をおろして
世界と村落とをやがて結びつける気だ。
強烈な土の魅力は私を捉へ、
撃壌の民のこころを今は知つた。
美は天然にみちみちて
人を養ひ人をすくふ。
こんなに心平らかな日のあることを
私はかつて思はなかつた。
おのれの暗愚はいやほど見たので、
自分の業績のどんな評価をも快く容れ、
自分に鞭する千の非難も素直にきく。
それが社会の約束ならば
よし極刑とても甘受しよう。
詩は自然に生れるし、
彫刻意欲はいよいよ燃えて
古来の大家と日毎に接する。
無理なあがきは為ようともせず、
しかし休まずじりじり進んで
歩み尽きたらその日が終りだ。
決して他の国でない日本の骨格が
山林には厳として在る。
世界に於けるわれらの国の存在理由も
この骨格に基くだらう。
囲炉裏にはイタヤの枝が燃えてゐる。
炭焼く人と酪農について今日も語つた。
五月雨はふりしきり、
田植のすんだ静かな部落に
カツコウが和音の点々をやつてゐる。
過去も遠く未来も遠い。

離群性：「美に生きる」の項参照。
撃壌の民：大地をたたいてうたう民。中国の皇帝尭の時代に、老人が太平の世を楽しんでうたった歌による。
極刑：最も重い刑罰。死刑。この一行は草稿では初め「死の宣告も亦辞すまい。」と書かれて訂正している。
イタヤ：いたやかえで。カエデ科の落葉喬木。葉は秋、鮮やかな黄色に色づく。
カツコウ：夏日本に飛来する鳩よりすこし小さいカッコウ科の鳥。名は「かっこう」と繰返す、その鳴声による。
和音：わおん又はかおんとも言う。二つ以上の高さのちがう音が同時に響いた時合成される音だから、カッコウはあちこちで鳴いているに違いない。

「憲法発布式典行幸」　五姓田芳柳筆

I　詩篇注解

■家

「暗愚小伝」のはじめの部分「家」は、全体の構成の中でも最も多い、ほぼ三分の一を占める七篇の詩「土下座（憲法発布）」「ちょんまげ」「郡司大尉」「日清戦争」「御前彫刻」「建艦費」「楠公銅像」から成り、時代と精神の風土の中での少年期が描かれる。

◆土下座（憲法発布）

第一条に「大日本帝国ハ万世一系ノ天皇之ヲ統治ス」と定め、第三条に「天皇ハ神聖ニシテ侵スヘカラス」と規定した大日本帝国憲法が発布されたのは、明治二十二年二月十一日のことだった。田山花袋は『東京の三十年』（大正6・6　博文館）に、

　その前の日から俄かに雪模様となったが、夜は人通りが絶える位に、凄じい大雪になった。……それほどに降り頻った雪もそれでもあくる朝はからりと晴れて、路は泥濘ではあるけれども、下町の方へ祝典を見に出かけて行く人達が沢山あった。

と記す。宮城での儀式や、午後の観兵式の間にも、文部大臣森有礼の刺客による遭難の報は人々を驚かせた。

この一連の詩「暗愚小伝」は、その翌日開催された上野公園での記念祝典への、東京府民の願いによって実現した天皇行幸の情景から始められる。明治国家の成長が、実感として天皇絶対体制の確立と分かち難くつながれていた事は、この詩にも現れる。

数え年七歳、練塀小学校の二年生だった光太郎はその日、母や父の弟子たちに連れられて下谷仲御徒町の家からすぐ近い上野の山に出かけたのだった。昨日のことのように思い出される「雪にぬれた砂利」の感覚的なにおい、「頭をおさえつける」誰かの手や、「眼がつぶれるぞ」の少年時の重いおののきは、象徴的な幕開けといっていい。

◆ちょんまげ

光太郎から数えて五代以前の祖は、因幡の国鳥取の藩士で中島重左衛門と名乗ったといわれるが、この人のことは何も伝わらない。その子中島長兵衛は髯の見事な人物で、髯の長兵衛と呼ばれた。長兵衛とその子富五郎の墓が芝南寺町の貞林寺にあったことからも、すでに江戸の住人であったことは推定されるが、富五郎の代から全く町人になった。

富五郎は文久三年七十二歳で没した光太郎の曾祖父で、江戸八丁堀で鰻屋をしたり、神田や花川戸で魚屋を営んだりしたが、その頃流行だった富本節に熱中し、上手とうたわれたため、かえって仲間のそねみをかい、水銀をのまされて体の自由を失った。以後九歳だった長男に父や弟妹の面倒がまかされる。これがこの詩の主人公中島兼吉（通称兼松）である。

兼吉は、手先だけは利いて器用だった父の細工物を並べて売るうち、小さいくせに声が大きいことから

浮彫「中島兼吉像」明治33年　光太郎作

郡司成忠　万延元年～大正十二年

「小兼さん」と呼ばれ、浅草あたりを根城にするテキ屋花又組の仲間に入る。テキ屋は野師とも香具師とも言われる露店商人で、花又組は縁日で飲食店を開いたり、説明なしに玩具、袋物などを並べて売る人売を主とする集団。親分はその世話場の地割りなどを取りしきった。

　光太郎の少年時代にはすでに隠居し、仕事に忙がしかった父に代って子供たちの面倒を実によく見てくれた。光太郎はのちに一種の誇りをこめて書いている。

　私の血は祖父の血を引きついでいる。祖父は江戸の顔役、今日でいうテキ屋の一方の親分であった。およそ権威顔して不当にのさばる者を許し難しとする気質と、世俗にいう宵越しの金を持たぬ気風とが、どうやら私にも伝わっているかに見える。

（昭和11・11「某月某日」）

　光太郎はこの祖父から喧嘩の仕方を習ったり、その顔で浅草の見世物は無料で入れた。仏師の弟子として修行した父光雲や、日本橋椙ノ森あたりで苦労して育ち、生粋の下町娘であった母わかを含めて、光太郎に流れているのは、東京の、それも下町を離れない、手わざをもって世を渡る職人の家の血筋だということである。幾代も続いた江戸っ子の血だ。やや荒っぽいが生活に折目があり、義理人情に篤く、己を頼む。御政道には口をつぐむ。その範囲でのいきでいなせで鼻っ柱の強い生活派。毒舌の裏の愛情、歌舞音曲への強い嗜好、そんな美意識と倫理観、それが光太郎出生の精神の風土を形成する主軸であった。この風土の上に、時に反発し、時に後天的な要素と複合しつつ、その生涯は築かれていったのである。

　断髪令が出たのは明治四年のことだが、明治六年には天皇みずから散髪し、明治四十年頃には、ほとんど男子に結髪は見られなくなったという。光太郎は回想している。

　祖父は丁髷をつけて、夏など褌一つで歩いていたのを覚えている。その頃裸体禁止令が出て、お巡りさんが「御隠居さん、もう裸では歩けなくなったのだよ。」と言って喧しい。そしたら着物を着てやろうというので蚊帳で拵え素透しでよく見えるのに平気で交番の前を歩いていた。

（昭和20・1「回想録」）

◆郡司大尉

　郡司成忠（一八六〇～一九二四）は幕臣だった幸田成延の次子で、幸田露伴の兄に当たる。海軍に入って大尉にまで進むが、騒がしい北方警備の重要性を痛感して明治二十六年予備役を志願、同志を集めて千島北端占守島に移住、千島探検を企てた。二月二十五日には天皇が勅語を下し、金千五百円を下賜したことを思えば、これはすでに国家的事業であったのだろう。その一行を報効義会と名づけたのは宮内大臣土方久元である。三月十二日には午後六時から、光雲ともゆかりのある東京美術学校新築談話室でその送別会が行われた。『東京日日新聞』は「大尉は彼の小説家幸田露伴氏の実兄なるを以て平素露伴氏と親密の交際ある岡倉覚三、高橋太華、関根只好、鈴木得知、饗庭篁村の

下谷高等小学校卒業写真　明治29年　14歳

諸氏発起となり……送別会を催したり。当日参会者は文学家美術家五十余名……」と報ずる。

ところが「郡司大尉一行遭難」の一報が入って、熱狂して送り出した国民を驚愕させたのは五月二十四日のことだった。電報は午前十一時五十分青森県知事から、内務及び海軍両省に届く。「本月廿二日郡司大尉一行鮫港を出発し、海上暴風雨に遭い、一行の内一艘は上北郡六ケ所村に上陸し、他の二艘は今に行方知れず、目下大尉の消息取調中。」

午後に到って「郡司大尉乗組船外一隻下北郡白糠へ着せし報あり」の送電があったが、まだ詳細は分からない。

担任加藤智光先生が生徒たちにその悲報を伝えたのは、この時のことだったろう。光太郎は日暮里小学校を卒業して谷中高等小学校に進み、二年生になったばかりだった。

「陸海軍軍人に下し賜える勅語」が出たのは明治十五年一月、武功抜群のものに与える金鵄勲章が創設されたのは、明治二十三年二月、時代の道徳の規範「教育勅語」が発布されたのは明治二十三年十月。自由民権の嵐はいつしか静まり、光太郎が生涯反発した、富国強兵と立身出世を車の両輪のように進めて来た政治体制は着々とその成果を整え、卒業唱歌にさえ「身を立て名を挙げやよはげめよ」と歌わせる。加藤先生もその国家の方針を信じ、熱心に次代の国民としての教育に情熱をもやす教師だったに違いない。

時代はともあれ、「郡司大尉」には、ボートで千島探検に向うと言うこの上昇期日本の一挿話を通じて、一途にはるかなものに目覚め形成される少年の心が、感慨深く刻まれたのだった。かつて押し寄せた欧化の反動は、国粋の波となって起り、朝敵とされた西郷隆盛や、南朝の忠臣楠木正成の銅像が美術学校教授だった父光雲の手で作られようとしている。

郡司大尉についての報道は、時に自殺と伝え、殺害とも、怪我、火傷とも錯綜して伝えられたが、結局大事に到らず、六月二十日エトロフに、そして八月三十日には、占守島に上陸した。郡司はその後も島の開発や、カムチャツカ、沿海州、第一次大戦ではシベリアでも活動して大正十三年に没する。

陸軍歩兵中佐福島安正が単騎シベリアを横断して帰国したのは郡司がエトロフについた六月。文部省が小学校の儀式の唱歌に「君が代」を選定したのは占守上陸直前の八月のことだった。

◆日清戦争

朝鮮半島の支配をかけて戦った日清戦争の宣戦が布告されたのは、明治二十七年八月一日のことであった。実質的な戦いはその前から始まっていて、仁川西方豊島沖での海戦の勝利などは国民を狂喜させた。この戦争の目的は外国の干渉などがあって十分達せられたとはいえないが、日本は極東で帝国主義陣営に加わる条件を獲得したのであった。大多数の庶民同様、すでに『八犬伝』や『国史眼』などをむさぼり読んでいたとしても、十三歳、谷中高等小学校三年の光太郎に、大陸で起こされていた戦争の詳しい経緯など理解するよしもない。しかし日々の一喜一憂は周囲から伝わる。

手板浮彫「兎」明治29年8月　光太郎作

そしてそれは芝居の書き割りのように、柔らかいその脳裏に鮮明に投影される。

戦争では思いもかけない一挿話が、あるいは戦意高揚のための企てられた仕組みと化し、あるいは起爆のいと口として民衆の異常な狂気をよびおこす。

南下する清国の増援軍は、平壌を占拠して堡塁を築いた。牡丹台は平壌府内外最高の地点で、玄武門はその眼下にある。しかし泥土をもってその門口を塞ぎ、日本軍は三たび攻めて三たび退く。その時率先攻撃して門を開いたのは原田重吉という兵士だった。玄武門一番乗りの原田重吉はたちまち庶民の英雄となる。

かつて関八州の霊場をテキ師として飛び回り、山伏修行を旨とする由緒ある修験の寺、埼玉県の東大寺で養われたすぎを後添えとした祖父兼吉は、山霊を貴ぶこと、篤かった。信仰される高い山々にはそれぞれ超越した能力を持つ大天狗、小天狗や雷神、雷獣が棲み、さまざまに人事に関与する。山岳信仰をもつ庶民の間では大天狗は体躯偉大、顔赤く、高大な鼻をもつ山伏の姿で現れ、自在に空中を飛行する翼を備える。羽団扇は風を統御し敵をうつ強大な武器。鼻のあたまに重ねた二つの拳固は高い天狗の鼻の象徴。真っ暗な夜の闇に聞こえるのは、真実、天子さまの大事に駆けつける天狗の羽音。

そんな信仰がまだ現実に生き、子供たちを偉大な自然への恭敬と、神秘への畏怖におののかせる。

光太郎は五つ位の頃の、大雷雨のなかの縁側に、裸できちんと一人坐る祖父の姿を覚えている。縁側にはお線香が立ててあり、窓も裏戸もすっかり明け放されて、雷獣がいつ通りぬけてもいいようにしてあった。

まっくらに烟った庭の植込に、銀がみで巻いたような雨が棒立にささっていた。雲が舞い下りる度にぷんとにおって、電がぱっと光り、ぴしぴしと雷が鳴った。地響をさせて鳴った。紫にも、赤にも、又まっしろにも光った。その度におじいさんは、「今度のは古峯が原、今度のは日光」と、一々出所を教えてくれた。そうして口の中で何か呪文を唱えていた。

「戸を閉めるからけだものにやられる。こうやってお迎えするもんだ」と、まるでお客を迎えるように空を見ていた。

すばらしい大きな雷が一つ、角の牛肉屋の旗竿にお下りになった後、ようやく雨の降りやむ迄の一二時間、裸でみんなの前に坐っているおじいさんの、確信のあるそのちょん髷頭が、どんなに私の力となったろう。雷が鳴るといつでも、あの時のおじいさんが眼に見える。

（大正15・7「雷の思出」）

天狗の実在を信じ、信ずれば白刃も渡り、炭火も素手でもみ消す事が出来たという幼年時代の光太郎が置かれた、不条理さえも生き生きと充満するこの環境は無視できない。

日清戦争は明治二十八年三月二十日下関で講和会議開催、四月十七日に講和条約が締結されたが、戦後にさまざまな問題が残された。光太郎は、三月に下谷高等小学校を卒業し、美術学校の卒業生たちが創設した本郷森川町の共立美術学館に入って中学の過程を学ん

木彫「洋犬の首」 徒弟時代の光雲習作

若き日の光雲 明治22年頃

でいた。

明治三十年、光太郎は数え年十五歳の九月に東京美術学校予科に入ることになるのだが、祖父は翌年十一月三日、八十二歳で亡くなった。

◆御前彫刻

光太郎は明治十六年三月十三日、東京市下谷区西町三番地に生まれた。江戸仏師高村東雲の徒弟として修行し、その姓をも継ぐことになった父光雲は、欧化の波に押し流され当時衰えきっていた木彫の道をかたくなに守って、木で作るものなら洋傘の柄まで彫ったという苦境の時代にあったけれど、ふたりの姉に続いて恵まれたこの長男の誕生は、祖父や祖母を加えたこの慎ましい一族に、心から喜びむかえられた。西町の家は柳川藩主立花氏の屋敷跡に建った九尺二間の長屋の一つだったという。

人は出生の時と風土とに強い影響を受ける。九州に維新の元勲西郷隆盛を首領として西南戦争が起ったのは明治十年。同じ年に光雲、当時の中島幸吉が作品を師匠の名ではじめて出品し、龍紋一等賞を受けた、最初の内国勧業博覧会が上野で催された。その後の日本の運命を支配する帝国憲法が発布されたのは明治二十二年のことだから、光太郎の誕生は丁度その半ばに位置する。維新の動乱もようやく収束し、明治の日本は、内に多くの不条理をふくみながら、しかし総体として、近代国家としての道を足早にいそぎつつある、青春の気力に満ちた時代だったと言っていい。

欧化の反動はたちまち国粋復興の波となって打ち返し、光雲はすでに明治二十年、その技量をみとめられて皇居造営の彫刻の仕事に関わり、二十二年には岡倉天心らの勧めで前年創設された東京美術学校に奉職した。翌年には教授に推され、最初の帝室技芸員を拝命する。一介の巷（ちまた）の仏師からのこの抜擢は、光雲もまた明治維新期でなければ辿り得ない生涯を持つ、時代を象徴する人物であったことを思わせる。

彫物師のかしらから学校教師に、その環境は変わっても、生活感情は相変わらず、江戸時代からの厳密な折目が保たれている職人の家のそれだったといっていい。そんな中で光太郎はかならずしも秀才形ではない、律義で感じやすい少年として育って行く。彫刻の仕事をつぐことは、当然のようにきまっていた。

しかし光雲が職人の道から、好むと好まざるとにかかわらず、世俗的な立身出世の道に踏み込んだことは、光雲にも光太郎にも、その生涯に決定的な要因を与えることになる。「御前彫刻」にはそんな逸話の一つが象徴的に描かれるが、事実は幾分異なる。確実な資料の調わない山居で書かれた「暗愚小伝」には、年代や事実の記憶違い、錯誤が幾つかある。

協会とあるのは、龍池会が日本美術協会とその名を改めて明治二十年に発足したもので、佐賀県出身の政治家佐野常民（つねたみ）が会頭だった。光雲は初めから委員を引き受けている。帝室技芸員制度を発議したのもこの会である。毎年上野で開催されるその展覧会には天皇、皇后、皇太后、皇太子の行幸啓がしばしばだったが、行幸は明治二十六年十月二十七日の秋季美術展覧会を最後に、明治三十二年五月十九日の春の美術展覧会ま

木彫「老猿」明治26年　光雲作

で見られない。

天皇の前での御前彫刻の記録は明治二十二年の「伝書鳩」の文鎮、三十二年の「狗児」など幾つかあるが、「鹿」の彫刻は皇后、皇太子の前で作った記録が残るのみである。

「印材の鹿」という記憶を信ずるとすれば、明治二十九年五月十五日の春季展覧会での皇后、皇太子の御前彫刻がそれに該当する。六月二十七日発行の『日本美術協会協会報告』第百一号は記録する。「〇御席彫刻者人名　木彫鹿鈕印材　日本美術協会委員　高村光雲／象牙彫筆筒　同　石川光明」

光太郎は昭和二十九年三月、雑誌『新潮』に書いた「父との関係」の中で書いている。

> 天皇の神格は父の信仰で、明治天皇が上野の展覧会に行幸された折々に、父はよく御前製作ということをやらされたが、恐らく明治天皇の膝から上は見なかったことであろう。「まともに拝んでは眼がつぶれる」とよく話していた。そんなことで従三位に叙せられた時には、従三位といえば中納言で、黄門さまと同格だ、といって喜んだ。

詩「土下座」とも照応する、「自分の今日あるのは天子さまのおかげ」というのは、変わらぬ光雲の思いだった。

◆建艦費

ことは日清開戦の前年に遡る。多難な時局を乗り切るため伊藤博文を首班として組閣された内閣は山県有朋、大山巌ら長州閥の実力者を集めて元勲内閣と呼ばれたが、その予算案が自由党の河野広中や改新党の尾崎行雄らの議会による予算委員会の査定によって大幅に削減、政府が最も力をいれた軍艦製造費も否認された。議会と、査定案に反対する内閣とは対峙して譲らず、結局多数決によって天皇への上奏による解決が図られることになる。困難な状況を勅語発布によって乗り切る手法は政府の常套手段と言っていい。

「在廷の臣僚及議員に告」げる詔勅が発布されたのは、明治二十六年二月十日のことだった。

詔勅の効果は日清戦争後も生きた。講和条約の重要な項目、清国の遼東半島割譲について、将来東洋の平和をゆるがす要因になることを理由に、露独仏三国が返還の勧告を表明したのは明治二十八年四月二十三日であった。しかし戦後の国力は到底他国と事を構える余力を持たない。御前会議で三国干渉の受入れを決定したのは、四月二十九日だった。以来軍備拡張を目指しての「臥薪嘗胆」は、為政者の国民を督励するスローガンとなった。

戦後の軍備のための経費は戦前の数倍に達した。師団は倍増を超え、兵役年限は延長され、武器の改善が図られる。戦前には軍艦二十八隻、水雷艇二十八隻を保有するに過ぎなかった海軍は、明治三十六年には軍艦、水雷艦ともに七十六隻を数え、大部分の国民は「臥薪嘗胆」の掛け声にしたがってその負担に耐えたのである。

◆楠公銅像

これも時代とすれば日清戦争以前の出来事に属する。

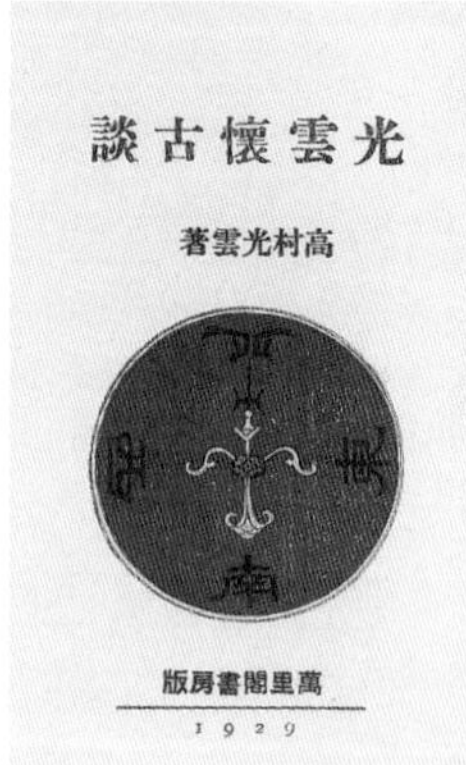

『光雲懐古談』昭和4年1月　萬里閣書店

美術学校の庭に組立てた「楠公銅像」原形
明治26年

楠木正成銅像木型天覧の記録は方々にあるが、製作の経緯も含めて『光雲懐古談』（昭和4・1　万里閣書房、平成7・1『幕末維新懐古談』岩波文庫他）で、光雲自身が詳細に語っているものから抜粋すれば足りる。

　大阪の住友家の依頼で、明治二十三年四月に楠公像の製作は美術学校が引き受けてやり出したのであります。そうして右製作の主任は私でありました。

　此は住友家の所有である別子銅山の二百年祭の祝賀の為に、別子銅山より採掘したところの銅を用いて何か記念品を製作し、それを宮内省に献納したいというところから初まったのでありました。……

　何ういうものを製作するかということに就いては、私は与り知りませんでしたが、いろいろ選定の結果楠公の像を作るということに決定しました。楠氏は申すまでもなく、我邦有史以来の忠臣、宮内省へ献納する製作の主題としては洵に当を得たものでありましょう。……当選したのが岡倉秋水氏の図案であった。……元弘三年四月、足利尊氏が赤松の兵を合せて大いに六波羅を破ったので、後醍醐天皇は隠岐国から山陽道に出でたまい、かくて兵庫へ還御ならせられました。其砌、楠公は金剛山の重囲を破って出で、天皇を兵庫の御道筋まで御迎え申し上げた其時の有様を形にしたもので、おそれ多くも鳳輦の方に向い、右手の手綱を叩いて、勢切った駒の足掻を留めつつ、稍々頭を下げて拝せんとするところで御座います。

其頃は、まだ、美術学校には塑像はありません時代で、原型は木彫です。山田鬼齋氏は楠公の胴を彫りました。それから私は顔を彫りました。後藤（貞行）氏は馬をやりました。私は楠公の顔をやって甲を冠せた。石川（光明）さんも手伝いました。竹内（久一）先生はどうであったか、……兎に角学校総出でやった仕事で、主任は私、担任が鬼齋氏及び後藤氏で、それから、鋳物の主任が岡崎雪声氏でありますが、岡崎氏は原形には関係がありません。

　木彫原型が全部できあがった二十六年の三月迄には約四か年を要したのであります。……何かと宮内省とは縁故がありましたから、……木型の出来上がったことも、侍従局から叡聞に達したのでありましょう。それで、岡倉校長、私など宮城へ場所選定に参りまして、掛かりの人と相談をいたしましたが、位置は陛下が御玄関へ出御あって御覧の出来る所、即ち正門内より外あるまいということになった。

　明治二十六年三月二十一日が其当日でありました。……岡倉校長を先導に主任の私、山田、後藤、石川、竹内、其他の助手、人足など大勢が繰り込みましたことで、仕事は滞りなく予定の時刻の九時頃に終りました。……

　聖上には正十二時御出御という触れ。一同謹んで整列をして差控えて居りますと、やがて、フロックコオトの御姿で侍従長徳大寺公をお伴れになってお出ましで御座いました。……

聖上には、何時か、御玄関先から地上へお降り遊ばされ、楠公像の正面にお立ちであったが、また、馬の周囲を御廻りになって、仔細に御覧になってお出でで御座いました。
聖上御覧の間は、私は責任が重いものでありますから非常に心配をしました。御覧済みとなって御入御になった時はほっとしました。今日でも骨身に滲みるように其時心配をした事を記憶して居りますが、実は、聖上御覧の間に、楠公の甲の鍬形と鍬形との間にある前立の剣が、風の為に揺れて、ゆらゆらと動いているのには実に胸がどきどき致しました。此は組み立ての時に、何うしたことか、楔をはめることを忘れたので、根が締まっていないので風で動いたので、楔一本の為、どれ位心配をしたことか。若し剣が風の為に飛んだりなどしては大変な不調法となることであったが、落ち度も無くて胸を撫で卸した次第でありました。

天皇のあと皇后の出御もあり、木型を元どおり取崩して、午餐のあと学校に帰ったのは午後四時ころだった。

鋳造が終わりこの銅像が実際に馬場先門外に建ったのははるか後、光太郎が美術学校彫刻科の二年を終わろうとする明治三十三年七月のことだった。

■転調

第二の部分「転調」は、「彫刻一途」「パリ」の二篇によって、出生の風土と対置され、それを否定し止揚するもう一つの重要な原理、西欧でかたちづくられながら、人間存在に普遍的なものとして適用される解放された「生」の原理が、いかに光太郎を捉えたかをみずみずしく回想する。

◆彫刻一途

「日本膨張の最初の飴」と規定される日露戦争が始まったのは、明治三十七年二月のことだった。三国干渉以来極東にその勢力をたくましくしてきたロシアの戦力は強大で、たとえ国論はロシア撃つべしと、鬱積していた敵愾心に燃えたとしても、機関銃で装備されたロシア軍にたいして、日本軍には戦争を継続する弾薬さえ不足していた。その日露戦争の勝利は国民を有頂天にした。

旅順港はロシアが太平洋艦隊の根拠地として構築した、堅固を極めた要塞で護られていた。要塞攻撃の経験のない日本軍は十分の準備を欠いた。乃木大将が指揮する第三軍が要塞攻略に向って、最初の総攻撃を開始したのは八月十九日。四日間の死闘で日本全軍ほとんど壊滅、戦死者一万六千。九月の第二次総攻撃も失敗、十月の三回目の総攻撃も同じ結果だった。十一月の総攻撃も一万に達する損害をうけて敗退する。二〇三高地に矛先を転じた第三軍がロシア軍の弾丸に対抗したのは、肉弾だったといっていい。

十月十日の『東京朝日新聞』は、ロシア軍将校の談話として「多数日本兵の死体は長く埋葬せられずして、雨露にさらされたるまま打棄ておかれたれば、いつしか腐爛して臭気紛々、風向の都合によりては、堪え難

ロダン　一八四〇～一九一七

雑誌『明星』　明治33年10月
光太郎の短歌が初めて載る

きことあり」と報じ、更に引用に堪えない両軍兵士の惨状を伝える。後に乃木司令官がうたった「野戦攻城屍作山」そのままの状況だった。「二〇三高地ついに占領」が大本営から発表されたのは十二月一日のことだが、十六日の同じ新聞は、その占領が軍港としての旅順の死命を制し、敵艦隊を殲滅したことを報じた筆で、「この間に於ける攻囲軍の労苦は未だ尽くは伝わらず、否吾人は軍略上の秘密の為めに、尽く世に伝うるを得ざりしなり。而して攻囲軍の死傷損害の如きは、今に至るまで未だ尽く公示せらるる場合に至らず。」と記したあと、先の南山の戦いでの乃木司令官の長男勝典歩兵中尉と、旅順攻撃での弟保典少尉の戦死に触れたのであった。

提督東郷平八郎の率いる日本艦隊が、急ぎ回航されて来たロシアのバルチック艦隊に大勝した日本海海戦は、明治三十八年五月二十七日の事だった。

陸や海でのこの勝ち戦を好機に、ルーズベルト米大統領に講和の斡旋を依頼したのは六月。九月にはポーツマスで日露講和条約が調印された。その交渉に首席全権委員として臨んだのが、日本側は外務大臣小村寿太郎、ロシア側は老巧な外交家ウイッテだった。その刻々のやり取りが光太郎の心に残っているとすれば、この国の運命は、やはり二十三歳の光太郎の浅からぬ関心事であったに違いない。

この一月二十二日にはロシアで後に血の日曜日と呼ばれる革命が勃発し、講和条約調印の日に、日比谷の騒擾化した講和反対国民大会は焼討ち事件に発展した。西川光次郎、幸徳秋水らの週刊『平民新聞』三十九号が、巻頭に五段組六頁を費やしてその非戦論の翻訳「トルストイ翁の日露戦争論」を掲げたのは、明治三十七年八月七日のことだった。翌号は「翁の言々実に肺腑に出で、句々皆な心血直言忌まず、党議憚らず、露国皇帝も亦一指を加うる能わず、其所論は直ちに電報を以て万国に報道せらる、翁も亦一代の偉人高士なる哉」と評する。その全文は『東京朝日新聞』にも掲載されて、心ある人々を衝撃した。家ではそんな話をする雰囲気を持たなかったとしても、光太郎も含む時代に敏感な文学仲間達の話題にならなかった筈はない。

美術学校入学から米欧留学までの青年期を大まかに言えば、二つの柱の上に組立てられていたと言えよう。一つは文学を通しての感性の開花であり、一つはロダンを通しての彫刻の把握である。文学への好みは早くからあって、「彫刻をやるのに読み書きはいらない」という父の眼をぬすみ、美術学校に入る頃にはもう一通りの読書を終えていたという。父も学問の必要をみとめ、むしろ進んでそれを助けるようになってから、光太郎の資質は急速に伸長したように見える。俳句を作って雑誌や新聞に投稿し、短歌に手をそめたりしたが、明治三十三年、与謝野鉄幹のますらおぶりのうたにひかれ、新しい文学の結社「新詩社」に加わったことは重要だった。与謝野晶子がまだ鳳晶の名で、のち『みだれ髪』に収められる大胆で官能的な歌を発表していた。

『明星』の歌人砕雨として、光太郎はまたたくまに新詩社の主要なメンバーに数えられる。明治三十五年七月、美術学校を卒業し、研究科に残る頃から、その

雑誌『白虹』明治35年2月
詩「なげき」収載

短歌にも変貌が起る。明星調の舌たらずは影をひそめ、真っ直ぐ力強い直叙体に変わり、歌柄もあるいは大きく、高らかにひびき、あるいは欝屈して青春特有の悩みを刻む。外形や権威にくみせず、直ちに人間につこうとする態度は、この頃からようやくあらわになる。短歌も、もとより彫刻修行と密接に関わる。今知られている最も早い長詩「なげき」（明治35・2『白虹』）に、「親なる人よ忘れても／その子いとしきものならば／鑿とる身とな導きそ」と若き彫刻家の苦悩をうたったのも、卒業作品制作中のことである。

　たとえ幼くとも、与謝野晶子が日露戦争中の弟を「君死に給ふことなかれ」と歌って、人間の生を阻害するものに激しい抗議の声をひびかせた、新詩社のロマン主義の土壌が、光太郎を培ったことは疑えない。西欧の文学にもここで触れた。

　彫刻への開眼は、さまざまな模索の末、ロダンから来た。明治三十六年に書かれた手記「彫塑雑記」の三月二十一日の項は記している。

　○ロダン作「詩」なる裸体像を写真に依って見るを得たりしが今に至りて忘るる能わず。巨匠なるかな。

　○この夏我も大理石像を刻まんと期す。像は「恋」という題にて今日その雛形の概型を作りしものなり。若き裸体の女岩に身を寄せて遥に瞳を放て己が恋人の往方を瞻望す。恋人は遂に往いて帰らず。瞻望のまま化して石となる。佐用姫の事を基として構想せしものなり。半身已に化石して半身尚肉、眼開いてまた閉じず、手また動かざるのところなり。石像に尤も適せるものなるべし。

　○目親しく泰西古名作の偉大雄壮なるに接するを得ず、僅かに写真により、書籍によってそのおもかげの万一を胸中に彷彿せしめて之に憧がれ之を慕う。今日の本邦芸術家は不幸なるかな。

　ロダンの名がはじめて日本にもたらされたのは明治三十五年三月だが、時に「ロヂン」と呼ばれることがあったほど、この国では知られざる存在だった。光太郎の傾倒は、明治三十七年二月号の雑誌『ステュデイオ』の挿絵でみた彫刻写真「考える人」によって決定的になる。当時パリから帰国した彫刻科の助教授白井雨山さえ、「ロダンは狂人のような彫刻家で、奇矯な作を作る。あんな真似をしない方がいい」と諭していたことを思えば、その早い時期に近代彫刻の本道、ロダンの彫刻を選びとった光太郎の資質は、父光雲の強い影響下に育っただけに、驚くに値する。

　だからその光太郎が、丸善でモークレールの『オーギュスト・ロダン』を手に入れた時の喜びは想像に余る。四十枚もの図版を含むこの青い表紙の分厚い書物は、光太郎の生涯で最も印象深いものの一つになった。「独創はいらない、生命がいる。」「何を生命と呼ぶか、あらゆる意味から君を感動させるもの、君を突き貫くものの事です。」「肝腎なのは感動する事、愛する事、望む事、身ぶるいする事、生きる事です」。後『ロダンの言葉』『続ロダンの言葉』として光太郎が、わがもののように日本語に移した言葉だ。進むべき道を光太郎はこれと定めた。方向づけられた力は、その道にしゃにむに光太郎をつき動かす。日露戦争は明治三十

パリ　ノートルダム寺院楼上より

パリの光太郎
明治41年11月『明星』終刊号収載

八年に終わったけれど、新しく開けた可能性に情熱を燃やす若者にとって、現前の事象は幻のように思われた。ロダンによって開かれた眼に、細かい仕上げに腐心する父の仕事が、職人のように見えたのもやむを得ない。生命が欲しい。向うは高く買っていたけれど、小才子然たる当時の啄木などには関心もなかった。来たるべき西欧はすでに光太郎の中に熟していたのである。

◆パリ

明治三十九年二月三日、四千トンばかりの貨客船アゼニアン号には、家族や師友の期待を一身に背負う二十四歳の青年光太郎の姿があった。未知の世界に向うはち切れるような気負いと、高波のように押し寄せる不安とは、おそらくこの青年の心を千々に捉えたであろう。船中で光太郎はこんな短歌をつくっている。

あしきもの追儺ふとするや我船を父母います地より吹く風

地を去りて七日十二支六宮のあひだにものの威を思ひ居り

海を観て太古の民のおどろきをわれふたたびす大空のもと

折から出発は節分、追儺にあたっていた。悪しきものを追い払うように地より吹く強い風は、ついに父母とも背反する宿命を予告するようにはためき、また一方では、この天地のひろがりがまさに原初のもののように、宇宙大でせまってくるのを感じるのであった。

暴風雨の海の洗礼をうけ、おくれて上陸した大陸横断でも、見るものがすべて新しかった。ニューヨークに着いたのは、その月の二十二日である。貰っていったいくつもの紹介状はすべて役に立たない。自ら推薦して採用された彫刻家ボーグラムの通勤助手や、美術学校の夜学生。時に失意に沈み、故国を思うことはあっても、「いまに見て居ろ！」の気概に燃え、毎日、生まれてはじめてのことを経験し、世界中が新鮮だった。しかしニューヨークの美術館にあったロダンは「ヨハネの首」だけ。美術学校では翌年度の特待生の賞さえうけたが、この町ではむしろ得たものより、荒々しく引きはがされたものに意味があった。光太郎はそれを、のちに「アメリカで私の得たものは、結局日本的倫理観の解放ということだったろう」（昭和29・4「父との関係」2）と逆説的に要約している。

フランス生活の下準備のつもりで渡ったロンドンの一年間は、準備という気安さもあって、光太郎には安定した期間だった。バーナード・リーチのような友も得、大英博物館の古代エジプト美術に熱中し、かつてアメリカで知り合った荻原守衛とも再会した。そのことは「私はロンドンの一年間で、真のアングロサクソンの魂に触れたように思った。実に厚みのある、頼りになる、悠々とした、物に驚かず、あわてない人間生活のよさを眼のあたりに見た。そしていかにも『西洋』であるものを感じ取った。これはアメリカに居た時にはまるで感じなかった一つのふかい文化の特質であった。」（同前）と書く回想からも感じ取れる。

しかし、パリはちがっていた。この詩を見てもその耽溺のさまは分かる。人種差別の国アメリカで光太郎

ボードレール　一八二一〜一八六七

ヴェルレーヌ　一八四四〜一八九六

はむしろ昂然と自負し、イギリスでもその自負はくずれなかった。しかし、パリ、そこでは人種など問題にならない。日本人だからといって人はふりかえっても見ない。ケチな自負は役に立たず、ただ人間の生活がある。巷にあんなに憧れていたロダンの作品が立ち、生きる人間の伝統があった。同じ文章の中で書いている。

　パリではアトリエでの仕事よりも専ら見学に歩きまわった。「ルーヴル」はもとより、「リュクサンブール」の近代美術館、「クルニー」の歴史的美術館、図書館、「トロカデロ」をはじめ、「ノートルダム」其他の寺院、セーヌ河畔、フォンテンブローの森、街角到るところにある記念碑、彫刻、墓地、一年中どこかでやっている画廊の個展、個人的コレクション、一年や二年ではとても見きれないものを毎日見たり、考えたりした。その間には友人とのカフェまいり、夜の探検、オペラ、コンセール、オデオン、テアトル　フランセエ、随分いそがしいことであった。そしてロダン。そしてボードレール、ヴエルレーヌ。……

　パリで私は完全に大人になった。考えることをおぼえ、仕事することをおぼえ、当時の世界の最新に属する智識に養われ、酒を知り、女をも知り、解放された庶民の生活を知った。そしてただもっと安心して、底の底から勉強したかった。

　ここでフランスの詩に親しみ、ボードレールやヴェルレーヌの詩作態度にうたれたことは重要である。日本の詩に作りものを感じていた光太郎は、自己の全存在をかけて生きることから詩を生み出す詩人の生き方に突き動かされる。まさにロダンと同質の人間精神のあり方を詩の世界でも見たのであった。

　「母をおもい、父をおもい候時は、実に涙のあふれ出ずるをとどめあえぬ事に候。親というものほどありがたきものは無之きかな」と書いたニューヨークの便りから、「親と子は実際講和の出来ない戦闘を続けなければならない。親が強ければ子を堕落させて所謂孝子に為てしまう。子が強ければ鈴虫の様に親を喰い殺してしまうのだ。ああ、厭だ。……今考えると、僕を外国に寄来したのは親爺の一生の誤りだった。……僕自身でも取り返しのつかぬ人間に僕はなってしまったのだよ。僕は今に鈴虫の様な事をやるにきまっている。」（明治43・7「出さずにしまった手紙の一束」）にいたる内面の変化を見せながら、この時代の後期に光太郎を激しく襲ったのは、人間の差別を無視した、世界の美の中心にいて、矛盾する望郷の思いとも重なりながら、かえって強く身を噛む了解不能の焦燥感と、内奥からする落差感、劣等感だった。

　白人は常に東洋人を目して核を有する人種といっている。僕には又白色人種が解き尽されない謎である。僕には彼等の手の指の微動をすら了解する事は出来ない。相抱き相擁しながらも僕は石を抱き死骸を擁していると思わずにはいられない。その真白な蝋の様な胸にぐさと小刀をつっ込んだらばと、思う事が屡々あるのだ。僕の身の周囲には金網が張ってある。どんな談笑の中団欒の中へ行っても此の金網が邪魔をする。海の魚は河に入

バーナード・リーチ　一八八七～一九七五

る可からず、河の魚は海に入る可からず。駄目だ。
早く帰って心と心をしゃりしゃりと擦り合せたい。
寂しいよ。

（「出さずにしまった手紙の一束」）

明治四十二年一月四日、すでにカンパーニュ・プルミエル街のアトリエからロンドンのリーチに宛てて書いている。

> 僕は一生懸命に、絵や彫刻の勉強をして来た。自然の神秘を探る一番いい方法だと思うからだ。それは天文学者が天体を見るのに、望遠鏡を使うのといくらか似ている。ここに来て印象派の絵描き達について勉強して、ずいぶん高く評価している。……だが僕はいままでの勉強のしかた――ある程度西洋風に慣れようとする試み――をやめた。そしてもう一度自分本来の野蛮な方法に戻る。……僕は西欧の美術がすっかり分かったとか、三年間の留学でもういいなどとは、考えていない。しかし少なくとも、美術というものの本質が何かを理解出来たと信じている。それなら他に何をしなければならないか。僕が今しなければならないのは、どこに居ようとも、自然と共に精進すること。君も同感してくれるだろう。（原文英語）

人間の生の真実は見たと思う。彫刻の真はつかんだと思う。しかし、モデルの指先の微動すら了解出来ないこの国で何ができる。日本で、腹の底からわかる日本で仕事をしたい、人間の生をそこで生きたい。光太郎が帰国の決意を固めたのは、滞仏一年、明治四十二年の春だった。翌日には帰国の意思を故郷にも書き送る。

■反逆

第三の部分、「反逆」は「親不孝」「デカダン」の二篇から成り、かつてそこから気負って出発した旧体制への、新しい原理をもってする光太郎の決意と、その激突のさまが描かれる。

◆親不孝

「早く帰って心と心をしゃりしゃりと擦り合せたい。」と願い、「もっと安心して底の底から勉強したい。」、日本人を彫刻したいと決意し、帰国の途についた光太郎が神戸に着いたのは、その年六月三十日だった。さきにも引いた「父との関係」にこの詩の情景を解き明かす文章がある。

> 私の無事に帰ってきたのを父はひどく喜んで居り、母が造ってくれた何だかぴかぴかごりごりする単衣物（ひとえもの）を私に着せた。……父と私とは、これまでの経過や現状をぼつりぼつりではあったが、互に語り合った。汽車の中で夜が明けて箱庭のような日本の風景が見え始め、やがて富士山が聳えて来た。四年前横浜を出る時アゼニヤンの甲板からあんなに大きく見えた富士山が意外に小さいのは少し変だったが、美しいことはやっぱり美しかった。

その汽車の中で、突然、折からの銅像ブームに、洋行帰りを利用して銅像会社というようなものを作り、彫刻界に打って出たら、という話が出て、光太郎は打

『スバル』明治43年4月
評論「緑色の太陽」収載

ちのめされたような衝撃を受ける。

　光太郎がこの国に持ち帰ったものは、彫刻の技法であり、世界の知恵であっただろうが、それらを持ち帰ったのは一人光太郎にとどまらない。

　むきで生真面目なこの青年のうちに渦巻いていたのは、かつてこの国にもたらされたことのなかったような、激しい実践の意欲、生活者の倫理であった。単に頭蓋内に充填された知識としてでなく、彫刻をも詩をも根底で支え、全存在をつき動かし、人間の生を導く、あの古くてしかもつねに新しい原理。ルネッサンス以来積み重ねてきた西欧近代の精神、覚醒された自我。「人間とは何か」と問いかけ、「一個の人間として生きる」ことの決意であった。この原理はいかなる時にも光太郎を太く貫いてはなさない柱となる。

　そんな光太郎を取り巻くのはがんじがらめの義理人情、派閥とか縁故とかが一切を支配する旧態依然たる芸術界。父との意識の断層は前に触れた。父の弟子達さえ、二代目光雲を期待し、派閥の勢力拡張の楯に光太郎を押したてようとする。大逆事件前夜の息苦しく、閉じられた社会。人間の圧殺。「彫刻をつくりたい」「人間として生きたい」とそれのみ考えて帰って来た光太郎は、この国のあるべき姿と、自らの生をまもるために、戦いを開始せざるを得ない。

◆デカダン

　常識打破、順俗軽侮のこれら青年の一団は勢のおもむくところ、いわゆるデカダン派と称せられる行動性を持つに至り、その発露はパンの会となって、当時の一部の文芸、芸術界を震撼させた狂瀾怒濤時代を現出させた。

　私は帰国すると丁度それにぶつかり、たちまちその渦中にまきこまれた。それに刺激されて私の晩稲（おくて）の青春が爆発した。一方勉強もよくしたが、さかんに飲み遊び、実に手のつけられない若者となり、パリの社会になれた生活を目安にして、あらゆる方面の旧体制に楯ついた。自分では此世のうそっぱちを払いのけて、真実をひたすら求めていたつもりでいたのである。親類縁者や他人からは札つきの不良のように目されながら、自分では無二の良心を研いでいたつもりでいた。良心に従えば従うほど、世間のおきてと逆になり、むろん要領のよい生活法などはできなくなった。……

　芸術界のことにしても既成の一切が気にくわなかった。芸術界に瀰漫（びまん）する卑屈な事大主義や、けち臭い派閥主義にうんざりした。芸術界の関心事はただ栄誉と金権の事とばかりで、芸術そのものを馬鹿正直に考えている者はむしろ下積みの者の中にたまに居るに過ぎないように見えた。日本芸術の代表者のような顔をしていた文展の如きも浅薄卑俗な表面技術の勧工場（かんこうば）にしか見えなかった。冠をした猿どもがそこで自派伸張の争いでひしめき合っているように感じた。義憤に堪えかねて、私はかなりきびしい批評や感想を書き、『スバル』や新聞などに二三年の間発表した。そのため多くの人の恨みをかい、往来で闇打をしかけられそうになったこともある。私は父の弟子たちに対して

画廊「琅玕洞」正宗得三郎筆　昭和32年

も用捨はせず、どしどし書いたので、父の立場はひどくまずいことになった。……その事を父が私に注意したので私も考え、筆を曲げるよりも筆を折る方がいいと思って、文展の批評は其後しないことにしてしまった。父の派閥にとって私は獅子身中の虫となったわけである。何しろ子供の頃から父の傍で育ち、多くの弟子たちの間に立ちまじっていたので、芸術界の内輪の情実、作家勢力の均衡、展覧会授賞の争奪、銅像其他製作請負の運動、他派排撃の感情などというイヤな面を巨細に知って居り、それらのことが今や反吐の出るほど愚劣に見えてくると、そういう逐鹿場へ足を入れる気がまったく無くなってしまった。父の誇とする位階勲等とか、世間的肩書とか、門戸を張った生活とか、顔とか、ヒキとか、一切のそういうものを、塵か、あくたか、汚物のように感ぜずにいられず、父の得意とするところをめちゃめちゃに踏みにじり、父の望むところを悉く逆に行くという羽目になった。汽車の中で話のあった銅像会社はおろか、文展へは出品せず、勢力家を訪問せず、いわゆるパトロンを求めず、道具屋の世話を拒絶し、父の息のかかった所へは一切関係せず、すすめられた美校教授の職は引きうけず、何から何まで父の意志に反する行動をとるようになり、父の方から見れば、何の為に外国へまでやって勉強させたのか、わけの分らない仕儀になってしまった。二代目光雲どころか、とんでもない鬼っ子が出来上ってしまったのである。当人の私としてはただもっと本当の勉強がしたかっただけなのであった。

（昭和29・5「父との関係」3）

戦いはこの不毛の土地に美を培おうとする文筆活動に依って開始された。日本の印象主義宣言と呼ばれる評論「緑色の太陽」は、実は人間宣言。芸術家の人格の絶対の自由を高らかに告げる。ロダンはもとより、ゴーガン、ゴッホ、ロートレック、マチスらの美術が紹介され、ボードレール、ヴェルレーヌ、ランボー、ヴェルハーラン、ゾラ、モーパッサンらの文学や、ドビュッシイ、フォーレ、デュパルクなどの音楽が取り上げられる。生の原理によってあらゆる美術作品を截断し、痛烈な展覧会評は書かれ、人々は震駭される。

神田小川町にこの国最初の画廊琅玕洞を開き、新美術運動の根拠地にしようと試みたのもこの頃である。しかし現実には暗く重く大きい旧体制の復讐を受けざるを得ない。琅玕洞は大変な赤字で身動きも出来ない。モナ・リザと呼んだ吉原河内楼の娼妓若太夫との恋愛と失恋を機に、短歌ではとうてい表現し切れない内容を持て余し、本気で詩を書く衝動に駆られる。

芸術で金を取ることに失望し、バターを作りながら制作しようと北海道に渡ったけれど、北海道に大火頻々、第一経済の基礎を持たない夢の様な計画はたちまち挫折し、東京に舞い戻る。深い印象を残したのは石狩以北の平原の風景だけだった。

精神の危機を感じて光太郎を北方に駆り立てたものを、一通の手紙は暗示する。

僕の日本へ帰って来てからの不得要領の態度は、自分で力めて為ていた所です。自分は芸術家です。

パンの会　木下杢太郎筆　明治45年

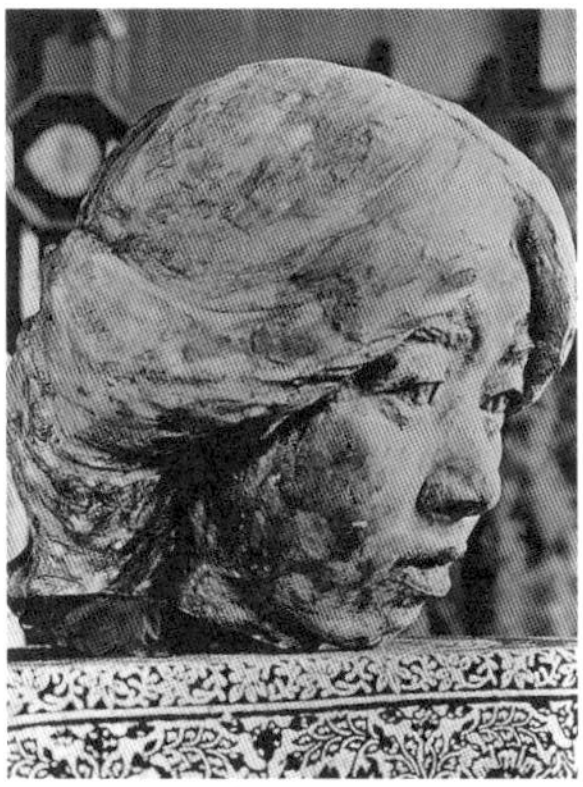

塑像「智恵子の首」　大正5年頃

芸術三昧のうれしさと、芸術的全生活の貴さとは既に味いもし知りもしていました。しかし日本に帰った時日本の社会状態をつくづく見るに及んで此を吾人に近くしてみたいという考を起しました。此が動機で琅玕洞も造りました。其他種々の計画でまだ実行されなかったのも沢山あります。芸術家にこんな事をさせたのは今の社会です。僕は我慢に我慢をしてやっていました。然るに此頃つくづく其の馬鹿げていた事を感じました。そこで、美術国たる日本に全然背中を向けるのです。日本の恩を蒙りたくなくなりました。

北海道で僕は地面の中から自分の命の糧を貰います。そして、今の日本の芸術界と没交渉な僕自身の芸術を作ります。地球の生んだ芸術を得ようとします。そして、此が一面今の社会に対する皮肉な復讐です。僕は日本の東京の為にどの位神経に害を与えられたか知れません。

（明治44・4・8　山脇信徳宛）

帰朝以来二年足らず、光太郎にこんな激越な書簡を書かせたのは、人間を阻害する現実社会、父を指導者の一人とする美術界、その父の自在をすら拘束する古い体制の仕組み、そしてそれらを支える様々な人々。数え挙げれば、切りもなかったに違いない。

東京に舞い戻っても、詰まった煙突のなかの煙に行き場はない。浜町河岸に下宿したり、メイゾン鴻の巣や浅草のよか楼で酔い痴れてみても、心は痛くつらく冴えるばかり。意識しながらずり落ちるこのデカダンの悩みは、パンの会の仲間、白秋にも杢太郎にもわからない。混沌とした可能性を秘めながら、はけ口を知らない『道程』前期世界は醇熟（じゅんじゅく）し、転化は予感される。そんな時、光太郎の前に、自らすすんで現われたのが長沼智恵子であった。

■ 蟄居

第四の部分「蟄居」は「美に生きる」「おそろしい空虚」の二篇の詩を含み、智恵子との邂逅からその死にいたるおよそ三十年の、美を求めてする内部生命の推移と充実、その為の共にする戦いと、そして突然の崩壊とを一気にうたいあげる。

◆美に生きる

長沼智恵子は明治十九年五月二十日、斎藤今朝吉、せんの長女として生まれた。今朝吉は福島県二本松町の由緒ある鍛冶職宮下家の出で、当時斎藤氏の養子となってその姓を名乗った。長男ではない今朝吉の徴兵忌避の処置だったかもしれない。せんは安斎某の子、母のしが福島県安達郡油井村漆原の酒造家長沼次助と再婚したので長沼家に養われ、今朝吉と結婚後、共に次助と養子縁組。智恵子も小学校に入ってから長沼姓となった。今朝吉は神様のような好人物、せんは激しい偏執の血をもつが、短い間に産を築いた長沼の家業にもいくらかのかげりがある。

福島の高等女学校を経て日本女子大学校家政学部に入学した頃の智恵子は、無口で、怜悧で、ユーモアを解するしんの強い女性であった。早くから絵画に関心を持ち、卒業後も郷里に帰らず、反対する両親をかろ

詩集『道程』 大正3年10月 抒情詩社

木彫「白文鳥」 昭和5年

うじて説得し、洋画の勉強を続けていた智恵子が、平塚らいてうら日本女子大の卒業生を主力とする青鞜社と関わりを持ったのは自然の勢い。社員にはならなかったが、その雑誌『青鞜』の初期の表紙絵の幾つかは智恵子の手になる。光太郎の前に現われた智恵子は、そんな二十六歳の女性であった。美に身を削り真摯に悩むこの女性に、光太郎は徐々にひかれはじめる。この女性となら、芸術の悩みを知り、芸術の価値を知り、人間の奥底の見える、自分の芸術を理解してくれるこの女性となら、人間としての生活をいつわらず、この世に立ち向かい、生きることが出来ると感じ、智恵子もまたそんな光太郎に激しくひかれる。泡立つような『道程』前期の世界は、智恵子を核としてにわかに収束し、方向づけられ、人間の美を求めてする戦いの日々は、生と愛とのよろこびに彩られて、『道程』後期世界を導く。

大正三年十月、最初の詩集『道程』刊行。十二月二十二日、はげしい風雨の夜の結婚披露。駒込林町二十五番地のアトリエではじまった二人の、愛と信頼と互敬とに裏打ちされた芸術精進の生活は、時にはなはだしい窮乏に悩みながら充実していた。

智恵子が光太郎にとってただ現身の一人の女性というにとどまらず、自らの生と同義の存在であり、共に芸術制作の支えであった事は、その感想からも推察出来よう。

およそ大正十年にいたるまでの時期は、光太郎の結婚後最初の彫刻の季節。智恵子には習作蓄積の時期。大正六年に発表された彫刻頒布会を中心に、「智恵子の首」「園田孝吉胸像」「裸婦坐像」「手」「腕」等々、彫刻の大道にねざしながら東方の心を内に秘めるユニークな作品群が、次々に生みだされた。一方この時期は、かけがえのない試みと成熟の準備期。『ロダンの言葉』正続、ホイットマン『自選日記』『回想のゴッホ』、ロマン・ロラン『リリュリ』、そして大変な量のヴェルハアランの詩、ことに智恵子のために訳された愛の詩集『明るい時』『午後の時』とその翻訳を数え挙げてみても、光太郎がいかに自らの資質によって選び取り、それらによっていかに養われたかが推測できる。蓄積は大正十年の第二次『明星』復刊を機に、「雨にうたるるカテドラル」「米久の晩餐」「クリスマスの夜」などのあふれるような長詩群となって結実、調和と生命感に満ちた『道程』後期詩風を完成して、この国の詩の一つの峰を形作る。しかしその生活を支える主な収入は、相変わらず父の下請け仕事や僅かな原稿料にすぎない。

大正十二年の関東大震災のあたりを境に、ことに露わになって来る社会の矛盾は、光太郎の眼を必ずしも内部世界にのみとどめ得ない。むしろ内部世界にまで侵入してくる外部の矛盾は、その生をまもるために撃たなければならない。詩は「清廉」「白熊」「傷をなめる獅子」「ぼろぼろな駝鳥」などの「猛獣篇」時代に入る。内面の充実によって一度は調和に達した『道程』に続く個の世界は変容し、はげしい怒りと抗議の声をひびかせ、鋭く生の決意を確認させる。普通選挙法と抱き合わせに治安維持法が公布され、それらの詩は、道を求めて悩む若い世代の詩人達、誠実に生きようと

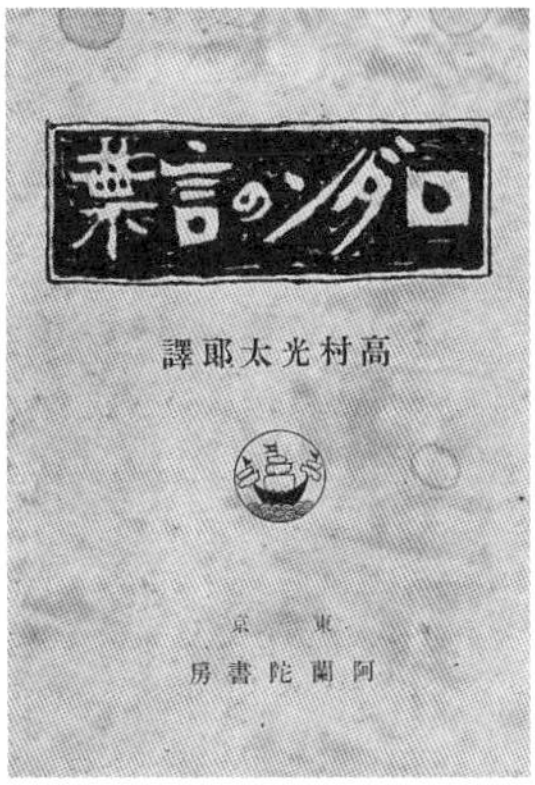

『ロダンの言葉』大正5年11月
阿蘭陀書房

する人々に大きな力と励ましとを与えた。充実した気迫から塑像も多産、木彫小品の世界も展開されたが、歴史は曲がり角にあった。昭和二年には芥川龍之介が自殺し、昭和三、四年には自由な力への大きな弾圧がはじまる。治安維持法の死刑を含む改悪、世界経済恐慌。戦争の予感は目の前にあった。

　詩の中の猛獣たちは日中戦争期に再び変貌して現れるまで姿を消し、美に憑かれ、悩み、社会の底で窮乏し、死んでいった芸術家の生が、鎮魂歌のように愛情をこめて歌われはじめる。「レオン・ドウベル」「村山槐多」「荻原碌山」そして無名の誰彼。

　光太郎の中に、外圧に抗するように「記録」「ドキュメント」の思想が確かな形をとりはじめる。

　私は今精根つくして仕事しています、此の世のドキュメントをつくる事、人生の指示する処を造型のうちに無言のまま暗示する事、その二つ。

（昭和5・5・9　神保光太郎宛）

　小生は現実生活をまともに生活し、正しく観察し、確かに記録する堅忍の努力がすべての基礎を成すものと思っています。製作はまずドキュメントからはじまります。小生の仕事は一面正直な人間記録を作るところにあります。

（昭和5・6・18　真壁仁宛）

　記録するという事は普通考えられているよりも貴重な事だとますます思うようになりました。真実の見方を以て人生の事実をドキュメントとして見る事が一切の基礎と思います。

（昭和5・6・18　更科源蔵宛）

　視点は定まり、新たな展開は予想され、転化への決意をうたうが、運命の不意打ちは着々と用意されつつあった。

◆おそろしい空虚

　光太郎の母わか通称とよは東京の下町に生まれ育って光雲に嫁し、全く自分を捨てて家や子供のために尽くし仕えた人で、さまざまな苦労を顔に出さず、「純情で江戸の昔の廉直なやり方」を貫いた女性だったが、大正十四年九月十日、六十九歳で急逝した。治安維持法が成立した年である。

………
母を思ひ出すとおれは愚にかへり、
人生の底がぬけて
怖いものがなくなる。
どんな事があらうともみんな
死んだ母が知つてるやうな気がする。

（昭和2・8「母をおもふ」）

とうたい、

やせこけしかの母の手を取りもちてこの世の底は
見るべかりけり

という短歌を添えた。この世で最も愛した女性の一人だったろう。

　日露戦争に終止符をうった日本海海戦の提督、東郷平八郎が没したのは昭和九年五月三十日で、六月五日に日比谷公園で国葬が営まれた。大陸では昭和六年に満洲事変が、翌年に上海事変が起り、昭和八年には一月にヒトラーがドイツの政権を握っていた。父光雲が

塩原にて　すでに病む智恵子と
昭和8年9月

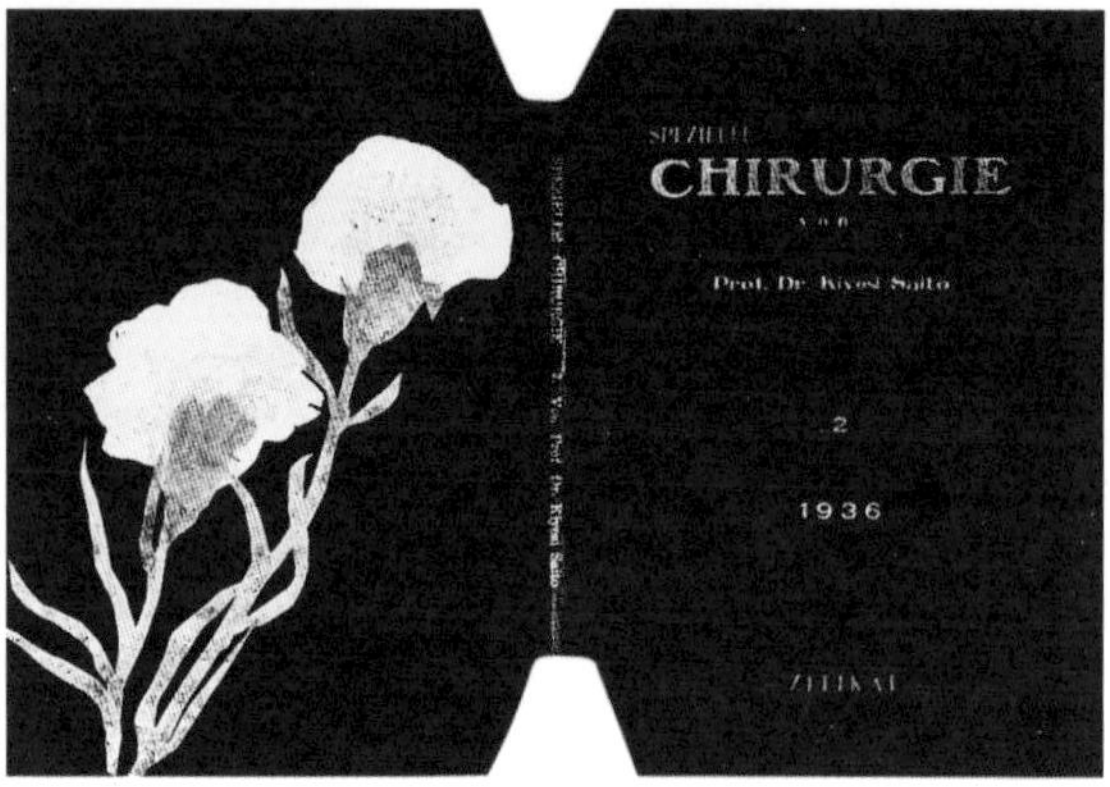

智恵子紙絵「カーネエション」

はじめ切絵と呼ばれていた智恵子の作品は、昭和26年以来、光太郎の意志によって紙絵と名づけられた。

八十三歳で亡くなったのは、昭和九年十月十日のことである。死因は胃潰瘍から進んだ胃癌だった。

智恵子の父今朝吉が五十七歳でなくなったのは大正七年のことだが、盛んに酒造業を営んでいた実家が傾きはじめたのはまだ昭和にならない頃からだった。病気がちだっ智恵子にとってその生家はすでに憩いの場所ではない。経営の不振や、遺産をめぐる家族の不和から倒産、家も全く人手にわたり、一家が離散したのは昭和四年のことだった。前年には治安維持法の最高刑に死刑が加わり、思想の弾圧が激しさを加えて、次々に起っていた。

智恵子に精神異常の兆候が現われたのはそんな昭和六年の夏のことである。光雲が亡くなった時には、母や妹一家がいた九十九里浜で療養を続けていた。危険な病状はすでに自宅療養の域を超える。

次第に狂暴の行為を始めるようになり……昭和十年二月知人の紹介で南品川のゼームス坂病院に入院、一切を院長斎藤玉男博士の懇篤な指導に拠ることにした。……此の病院生活の後半期は病状が割に平静を保持し、精神は分裂しながらも手は曾て油絵で成し遂げ得なかったものを切紙によって楽しく成就したかの観がある。百を以て数える枚数の彼女の作った切紙絵は、まったく彼女のゆたかな詩であり、生活記録であり、たのしい造型であり、色階和音であり、ユウモアであり、また微妙な愛憐の情の訴でもある。彼女は此所に実に健康に生きている。彼女はそれを訪問した私に見せるのが何よりもうれしそうであった。私がそれを見ている間、彼女は如何にも幸福そうに微笑したり、お辞儀したりしていた。最後の日其を一まとめに自分で整理して置いたものを私に渡して、荒い呼吸の中でかすかに笑う表情をした。すっかり安心した顔であった。私の持参したレモンの香りで洗われた彼女はそれから数時間のうちに極めて静かに此の世を去った。昭和十三年十月五日の夜であった。

妻智恵子が南品川のゼームス坂病院の十五号室で精神分裂病患者として粟粒性肺結核で死んでから旬日で満二年になる。……私の精神は一にかかって彼女の存在そのものの上にあったので、智恵子の死による精神的打撃は実に烈しく、一時は自己の芸術的製作さえ其の目標を失ったような空虚感にとりつかれた幾箇月かを過した。彼女の生前、私は自分の製作した彫刻を何人よりもさきに彼女に見せた。……彼女はそれを全幅的に受け入れ、理解し、熱愛した。私の作った木彫小品を彼女は懐に入れて街を歩いてまで愛撫した。彼女の居ないこの世で誰が私の彫刻をそのように子供のようにうけ入れてくれるであろうか。もう見せる人も居やしないという思が私を幾箇月間か悩ました。……製作の結果は或は万人の為のものともなることがあろう。けれど製作するものの心はその一人の人に見てもらいたいだけで既に一ぱいなのが常である。……その智恵子が死んでしまった当座の空虚感はそれ故殆ど無の世界に等しかった。作りたいものは山ほどあっても作る気になれなかった。

見てくれる熱愛の眼が此世にもう絶えて無い事を知っているからである。

（昭和15・12「智恵子の半生」）

武田麟太郎は小説「好きな場所」（昭和14・12『改造』）で、智恵子がなくなって間もない光太郎の、三河島の火葬場、博善社にほど近いとんかつ屋での姿を描いている。

私をそこへ惹きつけるのは、彫刻家としても知られているある高名な詩人が、大酔している姿をその店によく現すからで、何とはなく足が向いたんだ。……そう年齢は幾つ位だろう。もう短く刈った胡麻塩の頭も薄いし、精悍な面にも幾条かの皺は深く刻まれている。背が高いので、ふいと肩を屈める拍子に古武士然としゃんとしている場合には思いも寄らない老いの翳が射したりする。……これも些か白いものを加えた長く太い眉、鋭い刃物で切ったような眦と迸る光りを抑えた眼、枯れている痩頬、海豹に似た鬚、それから、何よりも黒い毛の生えている大きな、びっくりするほど指の長い大きな手、もちろんそう云う風にひとつずつばらばらに切り離しては仕方がないが、とにかく、詩人の全風貌から怖ろしいばかり芸術家を感じるんだ。しかも、威圧するものはまるでない。私たち青二才に、この詩人を愛するなんぞと生意気なことを云わせる所以だ。ある時は、詰襟のラシヤ服を着て、また別な時は、何か裄も丈も短い筒っぽの着物で、いかにも酒好らしい稍々赤味を帯びた面持の氏は、蹌踉と貧しい暗い町を徘徊している。

とんかつ屋では、氏が誰であるかを知っていない。簡単に一言で片付けたもんだ。ええ、あれですか、あれは、火葬場の隠亡ですよと、云ったもんだ。……短い冬の日が暮れきって、外が真暗になるまで、一旦手にした盃がおけるものではない。もっとも、その時は、とんかつ屋を出て、極めて下品な曖昧屋に入っている。帰り際になって、おや、俺はこんな場所にいたのかと、呆れて見廻すほどの泥酔ぶりだ。……ここでも、隠亡爺さんの噂を聞いている。そんな仇名で呼ばれている客が、しょっちゅう来ると云うので、人相を照し合してみると、まさしく我が老詩人なんだ。へえ、こんな汚いうちへも来るのかいと、大袈裟に首を振る私に、毎晩、おそくなってから幽霊みたいに入って来るわと返事をするのは、横を向いて煙草をふかす色の黒い女だ。ねえ、あの人はねえ、自分の死んだお神さんも自分で焼いたんだって、でも、自分を焼く時は、自分では取扱えないのが残念だって云ってるわ、そう滑稽そうに笑って、別の小さな出っ歯の女がつけ加える。ふいに、私は涙を流しているんだ。詩人が若い頃、その詩に情熱を持って幾度も読みあげた夫人が、永い病気の果てに、先日死んで行かれた。それを知ってた私は、突然のように、氏の気持ちの中へ飛び込めたと妄想したのにちがいない。

光太郎は晩年、「隠亡」ってのはデマでね、僕が隠亡とでも何でも一緒に飲んだりしているのを、武田麟太

臨時中央協力会議開会式　昭和15年12月

郎がそう書いてしまった」と語ったけれど、初めアメリカ屋、戦争中は東方亭と改めたそのとんかつ屋の主人は、美術学校で彫刻を志したこともあるという細田藤明で、光太郎のことをよく知っていた。恐らく光太郎の思いを察して、人々にはそのことを秘めたにちがいない。酢の物がうまい千代という小粋な女将のいた飲み屋、「林家」も光太郎の行きつけだった。

■二律背反

「二律背反」は「協力会議」「真珠湾の日」「ロマンロラン」「暗愚」「終戦」の「家」についで多い五つの詩から成り、戦乱の日々を経て終戦にいたる光太郎内面のドラマを幾つかの断面によってえがき出す。

◆協力会議

「二律背反」の内容を確認する為にも、幾つかの光太郎の証言を追わなければならない。最初の一つは、日支事変勃発と同じ時期の信条である。

> 私の魂は既に遠い未来の世界に住んでいる。どの位遠いか分らない程遠い世界に生活している。科学と哲学との発達により、人類の智慧と生理とが例外無しに一様に進む時代が来たら、いつかは行きつくに違いないと思われる未来の世界は実にわけの分った、おだやかな、きれいな、喜怒哀楽がむしろ深い滋味として人々に感ぜられるような、透徹した人間生活によって形成せられている。従って私の内心のモラルも幾分其の世界のモラルに影響されざるを得ない。ところで私の肉体は現実現世の大渦巻の中にあって現実の生活を十分アクチュアルに生活している。私は此の二つの世界の間を来往して果てしない苦しみと矛盾とに当惑する。自己のモラルの歯車は現世の歯車の歯と少しずつ喰いちがう。此の不適格の歯車装置は都合が悪い。
>
> 都合が悪いからといって今更自分の魂を現世に引戻すわけにはゆかない。この矛盾による相剋摩擦の間から私の芸術は生れる。彫刻は私の救となり、詩は私の安全弁となる。現実世界の彫刻的把握はあの世への航空的捷径であり、言葉の芸術は精神内奥の爆発を未然に技術的に形象世界に転回せしめる。こういう役目無しには私の芸術は存在しない。私は現前のレアリテを何処までも追究する事によって、天文学的距離にあるあの世界との因果関係を究めたい。
>
> （「こういうわけ」昭和12・7・10『日本学芸新聞』）

ミケランジェロをうたって、その長い詩の五つの連の始めに「ミケランジエロは市民と共にあつた。」「ミケランジエロは市民と共に破れた。」「ミケランジエロは法王の虜となつた。」「ミケランジエロは人間と共にあつた。」「老いたミケランジエロは稀に語つた。／あて人ヴヰツトリア・コロンナの浄き愛のみ／たぐひなき彼のあたたかい夢であつた。」という詩句を置く「つゆの夜ふけに」（昭和14・6）が書かれたのは、智恵子亡きあとである。少し遅れて、九月十四日に書かれた「お化屋敷の夜」は「父無し母無し妻無し。」で始められ、静まりかえった空間の奥に「幾億万千の重い生死

『婦人之友』昭和16年7月
詩「事変はもう四年を越す」収載

のうごめき」を実感し、どうしてもこうなる外ないすさまじさに「何処からかやがて来る人種戦争の匂」を感じ取る。

　中国との戦いは膠着し、満洲の国境画定を名目にソ聯モンゴルと事を構えたノモンハン事件は、二万ちかい損害をうけた。ドイツ軍がポーランドに進撃して第二次世界大戦が始まったのはこの月一日のことである。耐乏生活は次第に深刻の度合いを加えていた。

　光太郎は昭和十五年十二月十六日から、大政翼賛会の本部がある霞が関の東京会館で開催された下意上達機関、臨時中央協力会議に、各界代表の議員として出席し、十七日には「芸術製作の中心」「国宝、特別保護建築物の防空施設」について提言、翌年六月十六日からの第一回中央協力会議の三日目にも、「芸術による国威宣揚」について発言している。世界に拡がる戦乱の中で、その渦に巻きこまれようとする光太郎が、いま選びとらなければならないのは、同胞を荒廃から支えること、文化を守ることしかない。

　つねに理性あるフランス文学者渡辺一夫はローマの詩人オビディウスの「愛の歌」の一節、「できうれば憎まん、しからずんば心ならずも愛さん」を戦時中にしばしば引いてその矛盾した思いを述べたけれど、光太郎にとって、愛すべきこの国に、憎悪すべき兆候は目にある。

　第一回中央協力会議の直後、光太郎が書いて七月号の『婦人之友』に発表した詩「事変はもう四年を越す」の前半には、本部の窓から見下ろした、無気力な風景が捉えられる。新聞に書いたというのは光太郎の記憶違いだ。

わたしは六階の窓に立つ。
さみだれけむるお濠の緑のかなたに、
赤い煉瓦のぶざまな累積、
高いアンテナと黒い明治の尖塔と、
その又上に遠く悲しくさむざむと
墓のやうな議事堂のやせたドオム。
この支離滅裂なパノラマのいちばん下を
ひけ時の群衆と電車がうごく。

……

雑誌は七月七日付で当局により、『事変はもう四年を越す』。宮城の濠を中心とせるパノラマを支離滅裂となすは不穏当」とされ、店頭でもその頁は破り取られた。

　この議事堂が出来た時、光太郎は書いている「新議事堂のばかばかしさよ。迷惑至極さよ。何処に根から生えた美があるのだ。猿まねの標本みたいでわれわれは赤面する。新議事堂の屋根の上へ天から巨大な星でも堕ちて来い。」（「某月某日」昭和11・11『歴程』）。

　ドイツは当時の日本の強力な同盟国だったが、最初にドイツに侵略されたポーランドの国民詩人ミキイヰッツをうたって、「この力の究極するところいづこともなく、／むざんな人種戦争のとどろきを耳にし、／人類前途の茫漠を知る。／憤りなるか嗟嘆なるか決意なるか。／ただ潜熱の如きもの身うちに痛きを覚える。」（昭和19・9「銅像ミキイヰッツに寄す」）と結び、パリ陥落に際しては「わが愛するフランスの為に」と添え書きして「戦を欲せざる国民に戦を強ひたのは誰

詩集『智恵子抄』昭和16年8月　龍星閣

か。」、「政治を超えて今こそ君等が／あのゴオルの強靱さに立ちかへる時だ。／文化が如何に民族を救ふかを證(あかし)する時が来たのだ。」（昭和15・7「無血開城」）とうたった光太郎の二律背反の針は、すでに生死の時を予感して決定的に振れる。昭和十五年には皇紀二千六百年が盛大に祝われた。
　そして翌年五月には、

　現世否定の鞭をふるつて、
無限未来のあの時空の間に
遠く人間として生きてゐた魂が、
この肉体の叫ぶ声をきいたのだ。
八万由旬(ゆじゅん)を一瞬にして立ちかへつたのだ。
民族の血は私の魂にしぶきかかる。
世界動乱の修羅ののろひに、
われら断じて勝つほかない。
　……
われら民族の滅却を望まぬものは、
ひとり否定の帆柱によぢのぼつて
この動乱の見物人となることなかれ。
われら民族の念慮に水をさすな。
君の高き精神をもて要路の低俗をも圧倒せよ。
シニシズムは実り多からず、
樸々(ぼくぼく)としてただ如何にすべきかに猛進せよ。
この危急存亡のとき、
むしろ歯ぬけの獅子となつても、
われら同胞の魂を内から支へる強力(ごうりき)の磊塊(らいかい)たれ。

とうたう「強力の磊塊たれ」がくる。
シニシズムは現実をすべて冷笑して生きる生き方。光太郎に対する「歯抜けの獅子」の比喩は、最初中野秀人の「高村光太郎論」（昭和10・4『日本詩』）に現われる。強力は強い力で人を支える者。

「事変はもう四年を越す」はのち『智恵子抄』に収められた最後の詩「荒涼たる帰宅」につづいてその一月あまり後に作られ、「人は死をいそがねど／死は前方より迫る。／死を滅すの道はただ必死あるのみ。」とうたい「生れて必死の世にあふはよきかな、」「いま必死の時にあひて／生死の区々たる我慾に生きんや。」とうたう「必死の時」は十一月十九日に作られている。

　自ら矛盾撞着と書く、改訂を恐れぬ決断が、光太郎をたしかに捉える。

◆真珠湾の日

　十二月八日午前六時の大本営発表「帝国陸海軍は本八日未明、西太平洋に於て米英軍と戦闘状態に入れり。」はただちにラジオの臨時ニュースで全国に放送された。

　日米関係は既に甚だ緊迫しており、アメリカ太平洋艦隊の主力はハワイ、パール・ハーバーにあり、回航されてきたイギリス東洋艦隊の主力艦プリンス・オブ・ウエールズと戦艦レパルスは二日にシンガポールに入港していた。未明の戦闘はさまざまに憶測されたであろう。十一時五十分には「帝国陸海軍は本八日早朝緊密なる協同の下に馬来(マレイ)方面に奇襲上陸作戦を敢行し着々戦果を拡張中なり」と発表された。

　宣戦の詔書が天皇によって裁可されたのは、午前十一時三十七分のことで、正午のラジオで放送された。

讀賣新聞 號外

米英兩軍と戰鬪
今未明西太平洋で

[大本營陸海軍部發表十二月八日午前六時]
帝國陸海軍は今八日未明西太平洋において米英軍と戰鬪狀態に入れり

『読売新聞』号外　昭和16年12月8日

それを受けて最初の具体的な戦闘状況が報じられたのは、午後一時の大本営発表であった。

戦果は次々に報道され、真珠湾爆撃の戦果に具体的に触れた発表は午後八時四十五分にあった。

この日は第二回中央協力会議の最初の日にあたる。光太郎は電車が混むのを避けて朝早く家を出たのでラジオの放送を聞かず、何も知らずに会議の席についた。「今朝の三時ごろハワイで戦争があった」と囁いたのは隣に座った新聞社の編集長だったが、詳しいことは何もわからない。開会予定の九時半が来ても、政府側も閣僚も議長さえ席に見えない。緊張した雰囲気のみなぎる議場の、千何百名かの議員のどよめきのなかに時がすぎ、やがて議長の声が重くゆるく短く響く。

時局は重大な事態に立ち到り、東条（英機）総裁は宮中に伺候中なので、午後一時まで開会を延期する。「各位は休憩せられて静かにお待ち願いたい」という。十一時に詔勅が発布されるというような囁きもそこらに聞こえた。光太郎は窓際の椅子に腰掛けて、二時間も晴れた冬の日のあたたかい丸の内の風景を見ていた。頭にはただ一点だけ、激しい傾斜のようなものを感じているだけだった。

議場でハワイ真珠湾襲撃の戦果が報じられ、戦艦二隻轟沈（ごうちん）という思いもかけぬ捷報が少し息をはずませたアナウンサーの声で響く。それからのさまざまな行事、宣言決意の採択、宮城前行進。日の傾く頃議場にかえり、議案を用意していた協力会議は、発表する機会のないまま、この一日で終わった。

地下鉄で帰路につき、灯火管制で真っ暗な駒込林町の高台に上ると、まるで四十年前の千駄木山のようにまっくらで、満天の星が大きく、近く、ぎらぎら光り、木星らしい抜群の巨星が、昔太平洋の波の上で見た時のようにゆらゆらと揺れている。

かつて同じ場所で、光太郎は火星に向かってうたった。

要するにどうすればいいか、といふ問は、
折角たどつた思索の道を初にかへす。
要するにどうでもいいのか。
否、否、無限大に否。
待つがいい、さうして第一の力を以て、
そんな問に急ぐお前の弱さを滅ぼすがいい。
予約された結果を思ふのは卑しい。
正しい原因に生きる事、
それのみが浄い。
お前の心を更にゆすぶり返す為には、
もう一度頭を高くあげて、
この寝静まつた暗い駒込台の真上に光る
あの大きな、まつかな星を見るがいい。

（大正15・12「火星が出てゐる」）

いま正しさは「必死の時」さえ予感され、民族の存亡を集約する「天皇あやふし」の一語に賭（か）けられる。しかしそのために光太郎が戦わなければならなかったのは、力をたのみ、その鉄の牙と爪とを立てて、飽くなき搾取に東亜の国々をほとんどほろぼした外部に対してだけではない。

開戦翌日から『都新聞』に連載された「戦時下の芸術家」は人間を阻害する目前の人々の内面に巣くう敵

ロマンロラン　一八六六〜一九四四

を撃つ。

　上下一般を通じての今日の世相をつぶさに観ると国民の覚悟と心構とが果して充分に出来ているのであろうかと疑われるようなことがしばしばあって寒心に堪えない。

　入手困難な物資をめぐって浅ましい謀略を敢て為たり、事毎に不平を並べたり、漫然と大陸経営を悲観したり、いまだに金もうけが人生の目的第一等と思いこんでいたり、所謂竹林の清談に逃避するものを真理を守る者と目したり、高見の見物を高潔の士の行状と心得たり、世人相互に尖り合ったり、無作法に堕することを当然としたり、勇気と蛮行とを取り違えたり、ますます高めるべき文化をますます低めることにかかったり、目前の事以上の事を軽視したり、一個の人間を機械と同一視したり、没法子に類したり、せっかちを募らせたり、非人情を是としたり、結局すべて乾燥と険棘とに陥る傾向をちらちら見る。これは重大事である。

　既にそうなってしまっては取りかえしがつかない。内から支える力の最も緊急に必要なのは斯かる時である。

　だが、日中戦争以来、その詩に神話の神々が現われることはあっても、天皇その人を「明津御神」と呼んだのは、これも同じ九日に作られた詩「十二月八日」が最初である。

　しかしかつて戦争に傾く日々の信条だった「記録」は、ここでも手放さない。むしろ勝敗を度外視して、詩は歴史の必然に委ねられる。昭和十九年三月に刊行された詩集は『記録』の題名を持ち、すべての詩篇に前書きが添えられるが、例えば詩「われらの道」の前書きには、こんな言葉さえ、ただそれだけ記録される。

　昭和十七年十二月作。飽くまで東亜の自立を認めようとしない英外相イーデンは「米英聯合軍の東京入城はベルリン入城と共に重大であり、日本の軍事機構が撃砕されず大東亜共栄圏経営の野望がある限り米英は絶えざる脅威をうけねばならぬ。吾等がドイツを屈伏せしめた後には日本を撃滅し、東京入城を実現しなければならぬ」という。

◆ロマン ロラン

光太郎のロマン ロランへの関心は強く、深い。当時は知らなかったが、パリでは光太郎のいたカンパーニュ・プルミエル街に近いモンパルナス大通り一六二番地の小さなアパートで、ロランが『ジャン・クリストフ』を書いていた。その小説の第四巻「反逆」の最初の章「流砂」を翻訳し、雑誌『フュウザン』や『生活』に連載したのは大正二年のことだ。部分訳だがこれはこの小説の日本で最初の翻訳になった。翻訳ということで言えば明治四十四年三月の『太陽』に発表した「クロオド デュビュッシイの歌劇――ペレアス、メリザンド――」がもっとも古い。これは一九〇八（明治41）年にロランが刊行した『今日の音楽家たち』の一章である。この本を光太郎は移り住んで一年目のパリで既に入手したのであろうか。フランス音楽への関心は、ロランその人への傾倒と共にベートーヴェンへ

「ロマン・ロランの友の会」の人々 ヴィルドラックを迎えて 大正15年4月28日夜 日本橋ソーダファウンテンにて 前列左から倉田百三夫人 倉田百三 ヴィルドラック 同夫人 高田博厚 後列左から今井武夫 光太郎 片山敏彦 上田秋夫 吉田泰司 尾崎喜八

の熱愛に移行する。

「ジャン・クリストフ」訳に強く感動して光太郎に近づいた若者の一人に、尾崎喜八がいた。尾崎は大正五年十二月に『近代音楽家評伝』（洛陽堂）としてそのロランの本を翻訳している。光太郎のアトリエで「極く内輪のベートーヴェン祭」が始まったのはいつ頃のことだったろうか。朝鮮銀行に赴任した喜八が帰国したのは大正九年のことだから、その年十二月十六日の『時事新報』が報じたこの集りの消息は最も早い時期のものだ。高田博厚が中学を卒業して福井から上京、その仲間に加わったのは大正七年のことだった。ベートーヴェンとともにどんなに熱くロランが語られたかは想像できる。大正三年七月に第一次世界大戦が勃発し、スイスにとどまったロランは母国での憎悪と非難に抗して平和のための活動を展開していた。大正四年には論集『戦をこえて』が刊行され、翌年にはノーベル文学賞がおくられたが、賞金はすべて国際赤十字とフランスの社会事業に寄付された。大戦が大正七年に終っても、ロランはスイスにとどまり、大正八年には論集『先駆者たち』が編まれ、風刺劇『リリュリ』が刊行される。

光太郎と千家元麿に献呈された尾崎の最初の詩集『空と樹木』が出たのは大正十一年五月のことだが、詩集はロランにも贈られて、手厚い文通が始められる。

十一月には既にヴィラ・オルガのロランから「『ピエールとリュース』を日本語にお訳しになることをあなたにお許ししますし、私の『ベートーヴェン』と『ベルリオーズ』とを一冊の本で刊行なさることも、高田氏とあなたにお許しします。」という手紙が届く。

光太郎が『リリュリ』の翻訳を『明星』に連載し始めたのはその年十一月からで、これは大正十三年に古今書院から刊行されている。高田博厚の手引きで田内静三や片山敏彦が光太郎の仲間に加わったのもこの頃である。

東京外国語学校のドイツ語科に在学する静三を編集発行人とし、博厚方を発行所として同人誌『大街道』が創刊されたのは大正十三年九月だが、光太郎を精神的な支柱としてそこに集まった喜八、高橋元吉、敏彦、吉田泰司、今井武夫、静三らは、後の『東方』や『生活者』から加わった上田秋夫、宮本正清らとともに「ロマン・ロランの友の会」を構成することになる。大正十四年三月、敏彦に宛てたロランの手紙には「あなたの友らの小さな集まり――それは今やまた私のものでもある――を考えることに私は幸福を感じます。星々の音楽の下の、武蔵野の小さな家のなかに私自身もい合せたく思います。」の一節があって、会は実質的にはすでにはじまっている。その外縁には草野心平、真壁仁、更科源蔵らが光太郎や喜八の身辺にいた。

『リリュリ』巻末の書院主の刊行趣旨には、近刊が予告され、光太郎の『ミレー伝』『コラ・ブリュニヨン』、博厚の『ベートオヴエン』、田内静三の『ピエールとリュース』、片山敏彦の『時は来たらん』『ガンヂー』などの名がみえる。多くは実現しなかったが、叢文閣に引継がれた訳書刊行の企ての初めとして、大正十五年一月に博厚の『ベートーヴエン』と敏彦の『愛と死との戯れ』が世におくられた。光太郎が「世界平和の日」

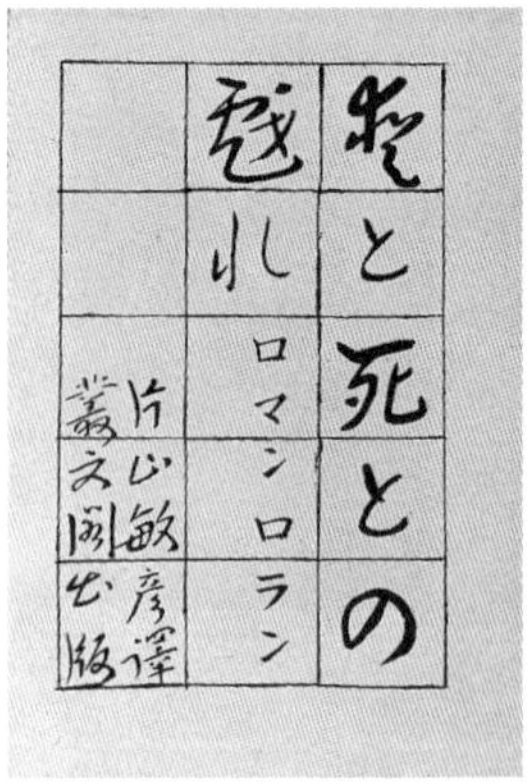

片山敏彦訳『愛と死との戯れ』扉
光太郎題字　大正15年1月　叢文閣

という『婦人之友』のアンケートに答えて、こう書いた時だ。

御質問の第二十一世紀を迎える迄に世界平和の日が来り得ると思うかどうか、という事については、遺憾ながら、来ないであろうと思う方に私は傾いています。

世界平和の日を翹望（ぎょうぼう）するにつけても、人類進化の遅々たるを痛感します。人種同志の偏見に勝ち得る人類総体のもう一段の進化にはどの位の年月を要するでしょう。一寸想像もつきません。

進歩ではなしに、進化という表現を使わざるを得なかった光太郎の心情を懐う。

大正十五年というのは、ロラン誕生六十年にあたる、ことに記念すべき年だった。一月四日の『時事新報』のアンケート「私の好きな世界の人物」に答えて光太郎は、

一、躊躇なしにロマン ロラン。

二、彼が世界で最も高い精神であるが故に。彼よりも博学な、賢明な又新しい主義をもつ人物は尠（すくな）くないが、彼ほど清冽の心を持ちながらその英雄主義に他を凌駕する意識のほとんど感じられない点は全く人類の宿弊を破っている。

と言う。

同じ新聞の二十九日に掲げた光太郎の「ロマン ロランの六十回の誕辰（たんしん）に」という文章は、この前後の状況をよく伝える。

築地小劇場で、ロマン ロランの「愛と死との戯れ」を見た僕達は、冬の壮麗、オリオン、大犬、牡牛、雙子という様な連中が頭の真上で大眼玉をむいている築地の薄くらがりの焼跡じみた道路を歩いていた。……ロマン ロランを貫ぬく火は何であろう。……あまり明白すぎて人にまぶしがられている太陽、あまり確かすぎて人に古臭がられている大空、それを彼は敢然として書く。真理に対する良心の火を彼ほど命にかけて護持する者は偉大である。……明るい、爽かな、ひろやかな、清冽な雰囲気をまといながら、ロマン ロランは欧羅巴の良心となった。今は世界の良心となろうとしている。……彼は常に時代の表面を流れない。常に時代を裏づけてゆく。時代の道徳を越えた「道」に立つ人類がいつかは必ず到達するであろう平和の日が来るまで、飽かず人類が繰返すところの一里塚である。彼がさびしくゼネブ湖畔ギルヌウヴのヴラオルガに起居する現状を想見すると、恐らく現世的には一人の殉教者であろう。ギヨチイヌが生きて働く時代にあったら、其の運命の如何は恐らく言うまでもない。……

最晩年のある日、ロランについてこんな風にも語ってくれた。

ロランは『今日の音楽家』や『昔の音楽家』などを初め読んだな。それからだんだん『ジャン・クリストフ』にいった。『ジャン・クリストフ』は「反逆」のはじめの方を訳したんだが、あの巻は全部訳すつもりでいた。その頃はやはりそういうかどかどした処でロランを見ていたんだな。全体的にロランを感じたのはもっと後、大正の終り頃だと

東方亭に入る光太郎　昭和27年

思う。

「ロランの友の会」は随分栄養になった。尾崎君や片山君が実際には動いてあれが出来たんだが、みんな若かった。『愛と死との戯れ』の頃だね。みんな随分感激した。社会主義や共産主義のことも、随分勉強した。大体むこうのものの翻訳だが、芸術論とか、レーニンなんかは人間的にひどく好きだったからよく読んだ。

洋行から帰っても天皇とか、国体とかいう問題にはぶつかった。はじめっから終わりまでそれはあった。それで非常に困っちゃって、どうしても最後にはその壁にぶつかる。われわれは考えないでいるよりしょうがないと思った。

その方にとび込めば相当猛烈にやる方だからつかまってしまう。しかし自分には彫刻という天職がある。なにしろ彫刻を作りたい。その彫刻がつかまれば出来なくなってしまう。彫刻と天秤にかけたわけだ。とにかく彫刻をやるという気持ち。あの頃作った「首の座」というのもそういう詩だ。

ロマン ロランのようなことをよく考えたが、日本ではそれでは生きられない。心理の上で困るなと考えた。僕の考え方は本当はロランのようなので、ロランとは文通していたが、その苦しみをロランに話し、考え方を聞きたいと思ったことがある。しかし結局理解出来ないだろうなと思って止めてしまった。


（昭和30　談話）

◆暗愚

「暗愚」はそんな戦いのさなかの間奏曲。戦局はもう終末に近い。

晩年の高見順との対談のなかで、「戦争中、三河島の飲み屋へよく行っておられたんじゃないですか。」という質問に答えて、その始まりを「近いからね。翼賛会で昼間会議があるでしょう。それでむかむかしてるから、帰りには三河島へ行って飲んじゃって、それでやっと寝たんですよ。歩くとすぐ前の所ですからな」と語る。すぐ前といっても、駒込林町のアトリエから荒川区の三河島まではかなり遠い。話は、あの近くに朝鮮の人たちの部落があって好きだったこと。あの人達は潔癖で敬老思想が篤くて、どんな喧嘩でも老人が出てゆくと納まるのでよく仲裁を買って出たことと続き、「それでね、すっかり朝鮮の言葉になっちゃって、困ったですよ。ほかのバアなんかへ行っても『ピール、くれ』とか『パカ、パカ』なんてやっちゃう。」と発展する。間もなく戦争が激しくなって、灯火管制下の飲み屋も大声は憚られる。

この詩については詩人風間光作の証言がある。林家には「おそろしい空虚」の注解でもすこし触れた。

高村さんに用があるなら「東方亭」へ行けば会えるという者も多くなって、しばらく「東方亭」は止めましょうということになり、王子変電所の先の「林家」という店へ行くようになった。そのはじめての日に「あら、お父さん、久しぶりね」と女将が云っていたから、高村さんは以前にも行かれた店らしい。……小さな店だが座敷もあり女

4月13日夜の空襲で焼失した光太郎アトリエ
西原金二郎撮影

将の他に若い娘もいた。半分だけ焼け残った昭和十八年の日記帳が手許にあるが、この「林家」ではときどき高村さんも「大いに酔われる」と書いてある。……高村さんの「暗愚」という詩はこの「林家」がモデルである。「午前二時に私はかへる。／電信柱に自爆しながら。」の最後の二行に、私も又「電信柱に自爆していた」。そして高村さんの二本の前歯がころんで一本カケたのもこの夜であった。たしかこの日は高村さんの誕生日だった。……珍しく看板すぎまで飲み、女将の三味線で高村さんが小唄をうたった夜でもあった。

（「光太郎の思い出」昭和47・6『高村光太郎の人間と芸術』教育出版センター）

「暗愚小伝」の発想形態では、この詩「暗愚」は「はやしや」という題名を与えられていたと推定されるので――この最初の構成については、「注解」に続く「成立」の章（130頁）で触れるが――この風間の証言は信頼できる。草稿では第十三行「――お父さん、ほんとんとこ、これで勝つんかしら。」の前の抹殺された一行「――ピールを出せよ。ぱかいふな。ある。」も、はじめに引いた高見の対談と照応する。

国民徴用令は国家総動員法に基づき、国民を重要産業などに強制的に従事させるための昭和十四年に出た勅令だが、徴用の範囲は次第に無制限にひろがり、昭和十八年の改正を経て、二十年三月には、国民勤労協力令、女子挺身動員令などと併せて国民勤労動員令となった。赤紙と呼ばれる徴兵にたいして白紙と呼ばれた徴用は、国民の各層に及ぶ。

「お父さん」と呼び、「これで日本は勝てますの」と問いかけ、昼間の徴用のつらさを嘆き、「大きな声しちゃだめよ。あれがやかましいから」と言うのは夜の飲み屋の女。監視の目は場末の飲み屋にまで常にひかる。慣れない軍需工場に動員された歯ぎり屋＝歯車削りの旋盤工は、調達もままならないバイト＝切削工具を探しに大阪行きだ。夜遅い駒込のアトリエまでの道で自爆するのは、戦場の艦や飛行機に限らない。

◆終戦

かつて、

　この家に智恵子の息吹みちてのこりひとりめつぶる吾（あ）をいねしめず
　光太郎智恵子はたぐひなき夢をきづきてむかし此所に住みにき

とうたったアトリエが炎上したのは、昭和二十年四月十三日二十三時からの空襲によってだった。三月十日にはすでにB29爆撃機三百数十機による東京大空襲により、下町を中心とする二十七万戸の家屋が焼失し、死傷者は十二万を超えていた。

最後の文章になった「焼失作品おぼえ書」の冒頭は次のように始められる。

　アトリエはそのころ本郷区駒込林町二五番地にあったが、そこから三、四軒はなれた南方の大きな邸宅の二階に焼夷弾が落ちた。ちょうどその邸宅は全家不在だったので、たちまち火事となり、三、四時間のあいだに、二五、二六番地にかたまっていた二十数軒の家が焼けた。私のアトリエは

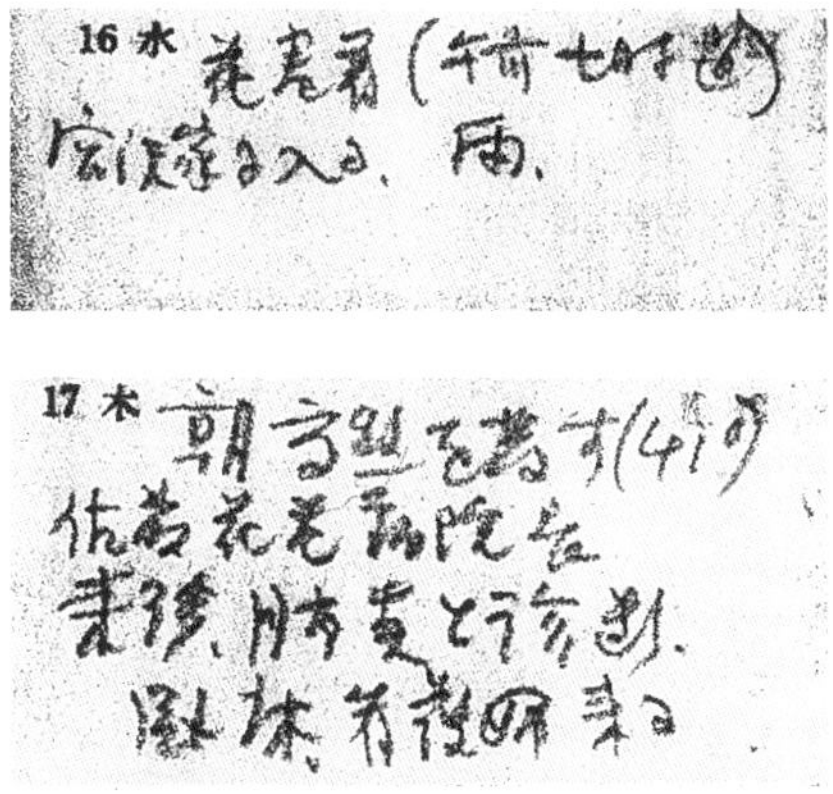

昭和20年10月16・17日　日記

最後に焼けた。

（昭和31・4『新潮』）

戦災直後に書かれた「仕事はこれから」には、かけつけた近所に住む妹喜子の主人藤岡幾と消火につとめたけれど、いよいよ駄目となってからのことをこう続けている。

かねて用意の大きな夜具袋二個と、米袋とをまず近くの疎開道路の野天掘の壕へ藤岡氏に持ち出してもらい、私は御真影其他も収蔵してある一番大切な彫刻用の道具箱を二個、砥石を二個、それから咄嗟に気付いて詩稿の新旧綴一束とを両手にかかえてその壕へ運び、とってかえして小さな父の木彫其他を一風呂敷にし、掻巻を一枚肩にひっかけて外へ出た。

風呂場のはめについた火は忽ち廊下を煙突のように伝わって大幅に、掃くようにアトリエをなめた。アトリエの大きな天窓が恰好な空気孔となって火の手は一時に猛然と上った。

私は野天掘の壕の縁に立って、遠近にひびく爆弾の音をききながら自分の家の美しく健気なように焼かれてゆくのを仔細に観察した。

（4・19『東京新聞』）

智恵子の紙絵は戦災寸前に花巻、山形、取手に三分して移し、そのすべてが守られたが、僅かな例外を除いて、光太郎の作品や書物などのほとんどは焼失した。

四月三十日に千葉県三里塚に住む親友水野葉舟に宛てて書く。

四月十三日夜の空襲で小生宅も類焼しました、予期していた事とて予定の行動をとって居ります。今、妹の家に立退いていますが、五月中旬には花巻の宮沢賢治さんの実家に一時滞在するつもりで参ります。彫刻材料の木材のある処を追って、次々と諸所を行脚する事にしました。これから大いに仕事する気でいます。いずれ又現状報告を書きますが、あなたのところの御無事を切にいのっています、……

誘いは幾つかあったけれど、東京の戦災が激しくなってから、賢治遺稿の刊行や詩碑揮毫などの深い心遣いに感謝していた宮沢家は、賢治の主治医でもあった佐藤隆房ともはかって、光太郎の花巻移住を手紙で申し入れていた。後に智恵子の姪春子と結婚することになる取手の詩人宮崎稔に付添われて、霧雨けむる花巻駅に着いたのは五月十六日の朝だった。

出迎えた賢治の弟清六は、霜降風のよごれた鳥打帽子にポケットの沢山ついた国防色の詰襟の服、同じ色のズボン、ズックの靴で、リュックを背負い、片手に抽出のある木製の道具箱らしいものを提げ、片手に傘を持った光太郎の姿を伝えている。しかしようやく宮沢家の離れに落ち着いた光太郎の肉体の疲労は、極限に達していたといっていい。

この日から始まる花巻日記は、

五月十六日　水
花巻着（午前七時過）　宮沢家に入る、雨、
五月十七日　木
朝高熱を発す。(41)　佐藤花巻病院長来診、肺炎と診断、臥床、看護婦来る

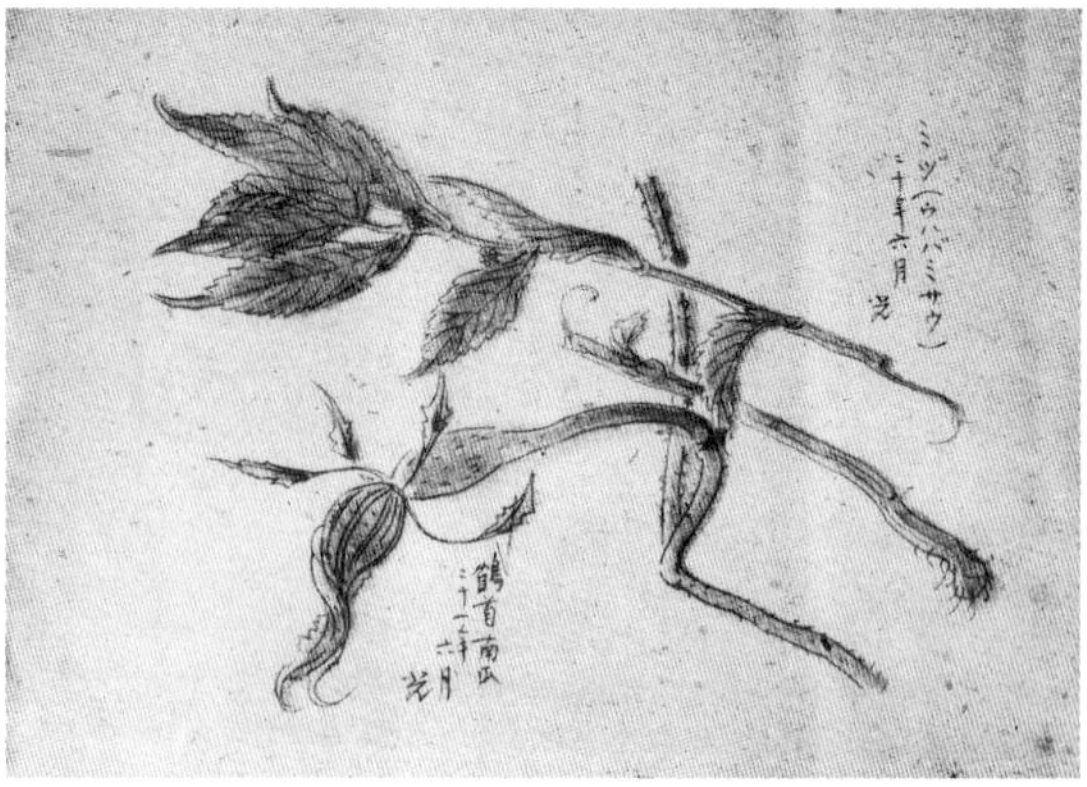

素描淡彩「ミヅと鶴首南瓜」昭和20、21年

と淡々と記して、「六月四日　月　看護婦さんかえる」まで、その記事を欠く。六月十五日床上げ、一週間ほどの西鉛温泉での療養を経て、七月十五日には宮沢家の離れでの自炊生活を始めるけれど、八月十日には花巻町が空襲を受けて、宮沢家も焼失、光太郎も再び戦災に逢う。終戦を迎えたのは、身を寄せたかつての花巻中学校長だった佐藤昌の家でだった。

八月十五日水曜の日記は記す。

　曇　午前五時宗青寺へ。地蔵流しという行事に参詣。北上川に札を流す。5円地蔵さまへ。茄子6個1円、往来にてかう。校長さん帰宅。佐藤勝治氏来訪、山口へ小屋を建つる事を依頼、500円材料入手の為手交。正午鳥谷崎神社々務所ニテ天皇陛下の玉音録音放送ヲキキ平和再建の詔書渙発を知る。

佐藤勝治の名は七月二十三日にすでに「国民学校先生佐藤勝治氏よりジャガイモ一籠もらう」として見える。

佐藤隆房はこの日のことをこう記録している。

　佐藤昌さんの家にはラジオはなかったが、幸いに鳥谷崎神社から知らせがあって、それを聞きに誘われました。

　昌さんは先生と連れ立って十二時近くに神社に行きました。定刻をたがえず天皇の声が電波にのりました。そこに居ったものはこの他二、三人の人だけでした。国防色の粗末な服を着た先生は、両手を畳の上について、又とない敬虔な姿で玉音をきき終り、無言で静かに立って神社を出ました。

十六日、『新岩手日報』の依頼によって書かれた詩「一億の号泣」は、

　ただ眼を凝らしてこの事実に直接し、
　苟も寸毫の曖昧模糊をゆるさざらん。
　鋼鉄の武器を失へる時
　精神の武器おのづから強からんとす
　真と美と到らざるなき我等が未来の文化こそ
　必ずこの号泣を母胎としてその形相を孕まん

と結ばれ、悲傷はたちまち未来への昂揚に続く。

八月十九日には二十一通もの葉書が書かれ、すでに光太郎の心が終戦の日、山口分教場の教師佐藤勝治に依頼した山口移住の計画にふくらむ様子を、諸方へ伝える。例えば水野葉舟へは、

　そのうち太田村という山寄の地方に丸太小屋を建てるつもり。追々そこに日本最高文化の部落を建設します。十年計画でやります。昭和の鷹ケ峰という抱負です。戦争終結の上は日本は文化の方面で世界を圧倒すべきです。

そして二十四日にはそれを敷衍して、こんな詳細な手紙も書かれる。

　畏多い御詔勅のようなことになった以上、小生は当分東京に帰る事を好まず、純粋な日本生活の伝承せられる東北の僻地こそ却て好ましく、花巻町の西方三里程の地に太田村山口という一部落あり、山間の小部落にて、そこの国民学校分教場の代用教員をしている青年がまじめな真剣な宮沢賢治の崇拝家、法華経の信奉者であり、此の青年の熱心なすすめもあるので、この太田村山口という

小屋設営　昭和20年10月28日

地に数日前実地踏査にゆきましたところ、電灯もつかぬ不便の地ですが、風物人情殊の外よろしく大に気に入りましたので、分教場から五六丁の距離にある山ふところの南面傾斜の林間に丸太小屋を一軒建てる事にきめ、一切をその青年にまかせて帰りました。……

　後ろの山に登ると東北、西南の山々が一望のうちにあり、ワラビは雑草のように多く、百合花根、山芋その他の山菜無尽で、秋には茸の名産地という事です。此処を開墾して畑をつくりまず今年は麦をまき、ソバをまき、堆肥をつくり、其他土地の農家にきいて然るべき畑作りをします。……そして畑作りを基本とする文化生活を創始、此の山間に最高文化の一国をつくるつもりです。土地の青年中の素質よきものを育成したり、知人友人の同志者の中の素質優良で真に純真な人達を選んで此所に招致もして、後々は立派な文化部落にしたいと思います。十年はかかるでしょう。その間に小生は詩を書き、彫刻をつくります。今度は木材が手近にあるでしょう。本阿彌光悦は京都の鷹ケ峯で当時の最高文化の部落をつくりました。形は違いますが、小生の企てもいく分似たところがあります。

（椛沢ふみ子宛）

　山林での独居自炊は青年期から北方を目指す光太郎の宿願、新生を夢見る光太郎はむしろ強いて楽天的に華やぐようにさえ見える。

「小生のこれから始めようとする太田村の山間生活は東京で考えられるような程度のやさしい生活ではありません。積雪四尺以上、零下二十度という土地です。」（9・24浅見恵美子宛）と報じられても、しかし移住前日の書簡は昂然たる光太郎の心情を偽らない。

　いよいよ明朝、放たれて山林の自家に赴く事を思い、颯爽たるものがあります。宮沢さんから木箱、茶碗、木碗、湯呑、皿などをいただく。当佐藤家からも味噌醤油、急須、板などを寄贈さる。……尚佐藤氏蔵の東湖の一幅「痩梅凌積雪」を山へ借りる事となり、愉快也。

（10・16　宮崎稔宛）

　住居は結局、もと宮手沢鉱山事務所で花巻営林署所管だった小屋の払い下げをうけ、村人らが力をあわせて移築したものになった。『智恵子抄』の最後の詩「荒涼たる帰宅」以来深く心の底に斎かれ、決して書かれることの無かった、智恵子を思う詩「松庵寺」が生れたのも移住直前のことだ。

　しかし開示される事態や現実の世情は光太郎の願うようには推移しない。戦争犯罪人は次々に逮捕され、詩は、

　欺きしは「兇敵」にあらずして
　二なく頼みしわれらが「神軍」なりしなり。
　一切は暴露せられて国民愕然たり。
　国民目覚むればすでに飢餓に瀕す。
　国力尽き民力消耗してただ焦土あり。
　台閣も為すなきが如く、
　百官右に奔り左に走れども
　必ずしも成竹の存するにあらず。

小屋にて　昭和25年　吉川富三撮影

　已んぬるかな　龍顔をおん曇らせし者ら
　身捕へらるれども巨富を子孫にのこす。
　……

（12・6「永遠の大道」）

とうたう。

　かつての開戦の日、十二月八日には日本共産党が東京神田の共立講堂で戦争犯罪人追及人民大会を開いたが、光太郎の名もそのリストに含まれていた。

　十二月中旬には山口にも零下十三度、積雪三尺の、生涯で最も鮮烈な冬が来る。

　二十三日付の佐藤隆房に宛てた手紙は書く。

　　小生の戦時中の詩について摘発云々の事はいささかも驚きません。先方の解釈次第にて如何ようにでも取扱われるのがいいと思っています。小生の詩は多く戦争によって触発された人間美をうたつたものですが此際解明などしたくもありません。若し招喚などうけるような事があったら、語るべき事を語る機会を得たようなもので、それも亦可なりと存ぜられます。詩が問題にされるような事があったら文化上、無視されるよりはむしろ面白いと存じます。ただ出懸けてゆくのが面倒臭いだけの事です。壺井［繁治］さんは小生も知っている良い詩人です。詩を持ち出したのはむしろ好意でしょう。

　翌昭和二十一年山居の始めての元旦の『官報』は、号外を発行して詔書発布を伝えた。天皇を「現御神」とする架空の観念を否定した所謂人間宣言である。

　この詔書は光太郎にとって重要な意味を持った。「やむなく考えることから除外する」ことで常に緊縛していた、あの少年期以来の観念から光太郎は脱却する。

　翌年十一月に作られた「脱却の歌」（昭和23・1『群像』）の一節は言う。

　六十五年の生涯に
　絶えずかぶさつてゐたあのものから
　たうとうおれは脱却した。
　どんな思念に食ひ入る時でも
　無意識中に潜在してゐた
　あの聖なるもののリビドが落ちた。
　はじめて一人は一人となり、
　天を仰げば天はひろく、
　地のあるところ唯ユマニテのカオスが深い。

人間に内在する矛盾撞着は是認しよう。しかし心をつくしてこの国の運命と共に生きた光太郎の悔は、まず「吾が詩を読みて」死についた人々の上にあったであろう。そしてあんなにも人が人として生きることを望みながら、人を人でない神と信ずることで、その人をも自らをも傷つけ、それがどんなに非人間的なものに力をかすことになったか、ついに悟らなかったことにあったであろう。

　暗愚の思いはいよいよ深い。冬には吹雪が夜具の肩につもり、夏にはマムシがざわざわ居る寒冷多湿な酸性土壌の、貧しいけれど信仰あつい人と風土につつまれた、たたみ三畳の小屋にいて、そんな光太郎をまず沈思に誘ったのは、近代日本の運命に重なる自らの足跡の痛切な点検だった。

　五月十一日の日記には「『余の詩をよみて人死に赴

光雲十三回忌記念播種の木標を書く
昭和26年5月　田村茂撮影

けり』を書かんと思う」と記される。これは結局断片に終わったけれど、『暗愚小伝』の端緒。翌日から分教場で「美の日本的源泉」の連続講義を始める。

■ 炉辺

この最後の部分はふたたびよみがえる智恵子に与えて、「自力で得たのでない」われわれの変革をつづる、悲しみの「報告」と、新生の決意をのべる「山林」の二つの詩で結ばれる。

報告（智恵子に）

太平洋戦争開戦の年、昭和十六年六月十一日に作られた「荒涼たる帰宅」を最後の詩篇として、詩集『智恵子抄』が刊行されたのは、奥付によれば八月二十日のことだった。

　美に関する製作は公式の理念や、壮大な民族意識というようなものだけでは決して生れない。そういうものは或は製作の主題となり、或はその動機となる事はあっても、その製作が心の底から生れ出て、生きた血を持つに至るには、必ずそこに大きな愛のやりとりがいる。それは神の愛である事もあろう。大君の愛である事もあろう。又実に一人の女性の底ぬけの純愛である事があるのである。

緊迫する社会情勢のなかで、天皇への愛と一人の女性の愛を対比し、「又実に」と断定するような、その刊行の意図を総括する散文「智恵子の半生」を含みながら、この詩集は昭和十九年五月まで、三年足らずの戦時に十三刷を重ねた。

戦後、智恵子詩の新生を迎えたのは、山口移住を目前にした昭和二十年十月だった。智恵子の命日の五日と、昭和九年十月十日に亡くなった父光雲の命日を合わせて、その法要が十日に執り行われる。七日付の佐藤隆房宛封緘葉書は、移住準備の異動証明書の事や、釘だの材料の入手、栽培書の拾い読みで大変だと書いた後で、

　この十日には智恵子と父との法事を当地の浄土宗松庵寺という寺でやります。それで最近浄土三部経をあらためて再読しました。

と報ずる。詩想はすでに沸き上がっていただろう。法要の情景は五日のこととして、詩「松庵寺」にこんな風に表現される。

奥州花巻といふひなびた町の
浄土宗の古刹松庵寺で
秋の村雨ふりしきるあなたの命日に
まことにささやかな法事をしました
花巻の町も戦火をうけて
すつかり焼けた松庵寺は
物置小屋に須彌壇をつくつた
二畳敷のお堂でした
雨がうしろの障子から吹きこみ
和尚さまの衣のすそさへ濡れました
和尚さまは静かな声でしみじみと
型どほりに一枚起請文をよみました
仏を信じて身を投げ出した昔の人の
おそろしい告白の真実が

宮沢邸にて　昭和28年12月訪問
左から賢治の父政次郎　一人おいて光太郎
宮沢清六　佐藤隆房　二人おいて賢治の母イチ

今の世でも生きてわたくしをうちました
限りなき信によつてわたくしのために
燃えてしまつたあなたの一生の序列を
この松庵寺の物置御堂（みどう）の仏の前で
又も食ひ入るやうに思ひしらべました

花巻大工町（現在の花巻市双葉町）の三宝山松庵寺はもと真言宗の学寮だった。のち念仏の庵となり、慶長の頃花巻城防戦に功績があった城代の北松斎の松字を受け、松庵寺と称して、この地に移った由緒深い寺院で、あたり一帯は昭和二十年の戦災に焼けた。

詩は何処にも発表されないまま、この詩「報告」とともに昭和二十二年十一月に刊行された白玉書房版『智恵子抄』に補われた。

「暗愚小伝」のなかでも「報告」は特殊な位置を持つ。別稿メモには「二十一年十月五日下書　二十二年清書」とあって、智恵子の戦後二度目の祥月命日に、二作目の智恵子詩篇として書かれ、のち「暗愚小伝」に編入されたことがわかる。その前後、九月二十一日から十月九日までの日記を欠くが、十月五日付の水野葉舟宛の葉書には、

昨日山から降りて来て今日は亡父十三回忌、智恵子祥月命日の法要を松庵寺という浄土宗のお寺でいとなみます。花巻の町は大に復興しました。

とある。

法要は午前八時から営まれ、佐藤隆房、宮沢政次郎、佐藤昌なども焼香した。

五月には極東軍事裁判が始まる。敗戦以来、特高・治安維持法廃止、政治犯釈放、財閥解体、国家と神道の分離、婦人参政権を含む選挙法改正、労働組合法、農地改革法公布、金融緊急措置令等々、様々な改革はアメリカ占領軍総司令部の主導のもとに進行していた。「戦争放棄」の第二章を含む憲法改正の作業も着々とすすみ、四月十七日には確定草案が発表され、その第九条はこう規定される。

日本国民は、正義と秩序を基調とする国際平和を誠実に希求し、国権の発動たる戦争と、武力による威嚇又は武力の行使は、国際紛争を解決する手段としては、永久にこれを放棄する。

前項の目的を達するため、陸海空軍その他の戦力は、これを保持しない。国の交戦権は、これを認めない。

敗戦の日、「一億の号泣」と書いたその国民の、光太郎の心に刻む一年目の実情はこうだ。

一年の断層は絶壁のやうだ。
歴史はだしぬけにその足跡を消して
絶壁の底暗いところに衆庶はうごめく。
国民の野性はまつ裸にむき出され
一切人間の醜状殆ときはまる。
国破れ、国是くつがへり、
国民の信念いま路頭に迷ふ。
去年の今日初めて聴き奉つた玉音の響は
この一切の瓦壊と価値顛倒とを内に含んで
いかに身にこたへる峻烈の数刻なりしよ。
国民殆とそれを回想するに堪へない。
ああさらば、落ちるものは落ちよ、
落ちて底に到らば眼をあげよ。

小屋　初冬　昭和21年　東宮七男撮影

この占領せられた自国の廃墟の中、
最も低いところに自ら救ふものがあり、
おのづから人類の光と美とに導くもののあること
を知れ。
今はただ苦渋の鍛へに堪へよ。
やがて清冽そのものを生み得るのは外ならぬわれ
われだ。

詩は八月十一日の午前に書かれ、十五日の『新岩手日報』に発表された。

◆山林

「山林」の注解は、一つの散文と、一篇の詩で代えよう。

初めのものは昭和二十二年四月号の『婦人朝日』に掲載された「ある夫人への返事」。戦争末期に四人の子供を連れて太田村の昌歓寺に疎開していた、三浦美知子に答えた手紙だ。三浦はそこでの只人の苦しさを語り「あの自然も美しく、人の心も温かかったといわなければなりません。しかし私は決してあの土地にいって永住しようとは思いません。あの息のつまる窮屈さ、壁に向っているような淋しさ、身を粉にしても追つつきそうもない生活の厳しさ、同じところをぐるぐる廻りしているようなその日その日。住めば都というけれどあすこには住めないと思います。」と訴え、「そこにどっかり腰を落ち着けていらっしゃる先生の御日常は私には奇異とまで感じられます。崇高と申し上げますより不可思議です。思い切って先生のお胸をたたいて『どうしてお淋しくないのでしょう？』と伺ってみたくてたまらなくなりました。」と問いかける。

光太郎の返事は長いので全部を引用するわけにはゆかないが、それでも長文になる、この山林の部落での生活をうかがえる部分を写し取ろう。

太田村という所は稗貫郡の中でも最も辺鄙で、酸性土壌の痩地で、農家は自家自給がやっと出来る程度の生活を営んでいまして、都会文化とは甚だ縁遠く、買出しの人々さえ、太田村へはやって来ないほど、物の乏しいので有名な所であります。……そういう所に親代々住みついて夏は僅かな水田と石ころの多い畑とに働き、冬は山に入って炭を焼き木を伐り出し、殆ど原始的といっていい程の生き方をしている此所の農家の人達には、おのずからお手紙に書かれたような、不衛生、無知、狭量、牛馬のような労働、等々といわれても仕方ない日常生活を送っているように小生にも見うけられます。その半面には又こういう所でなければ見られないような、例えばぶしつけなまでな真正直さといったような人間の面白いところもいろいろな場合におのずから感じられる事がありますが、一般に疎開者はどうもうまくいっていないようです。都会の神経を持った人達がどうかして土地の人々と溶け合おうと焦れば焦るほど、その焦ることで却ってますます気持が離れ、不自然になり、邪魔物になり、肩身せまい思いにさいなまれ、お手紙中の「只人」の嘆きを発せずにいられないようになるものと見えます。

ところであなたが小生におたずねになっている

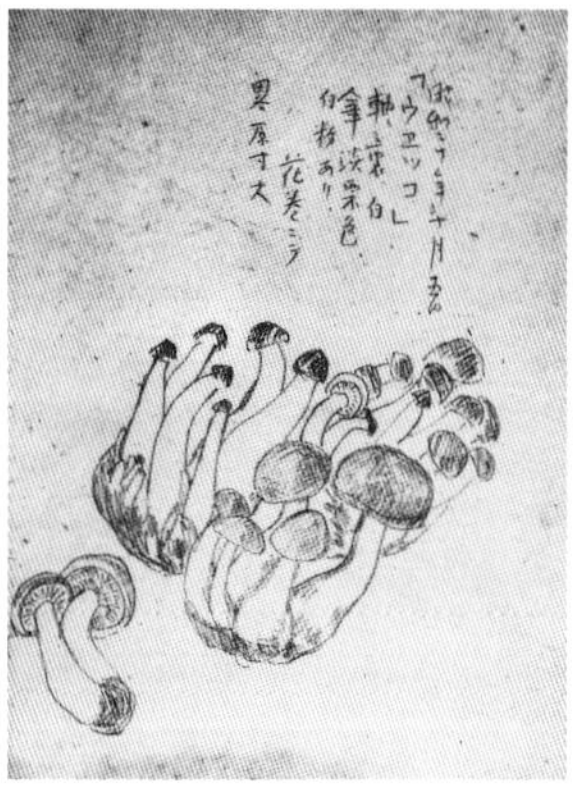

素描「ウエッコ」昭和20年

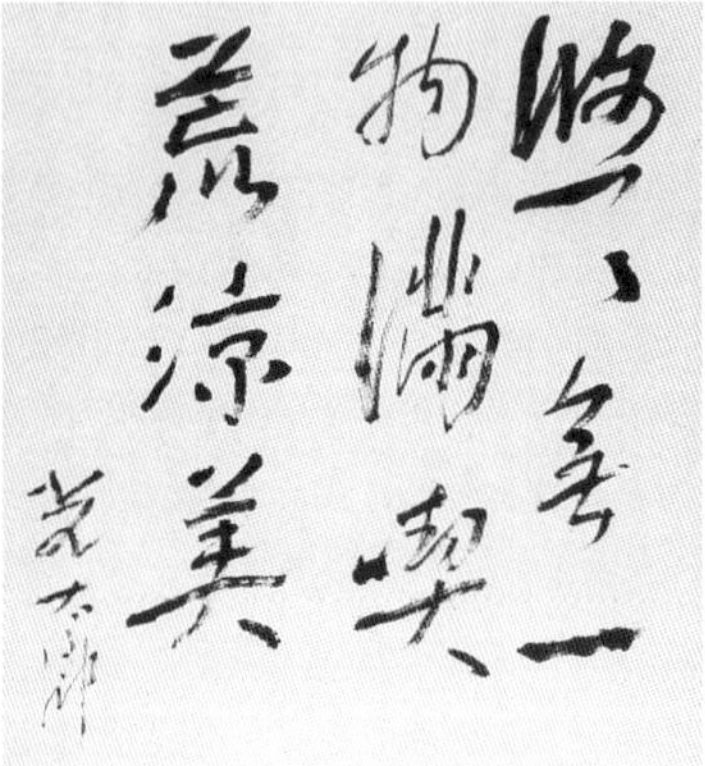

色紙「悠々無一物満喫荒涼美」昭和23年

のは、そういう環境の中で、どうして平気で淋しくなく暮しているのかという事のように思われます。時々人からそういう質問をうけますが、これには当人の境涯というものが大に関係するでしょう。小生は言わば一個の風来で、何処にいても、其処で出来るだけの仕事をし、出来るだけの務めを果たして、そして天命来らば一人で死ねばそれで万事結着という孤独生活者です。父母もなく、妻も子もありません。そういう者は他から見ると甚だ淋しいように見えますが、当人は多く却って淋しさに悩まぬものです。底知れぬ深い孤独感は群衆の中にいても親子けん族の中にいても人間としてはまぬがれないものでこれは別です。人の普通いう淋しさというのは、多くは人事関係につれて起る一種の不満というか、不安というか、そういうものの姿をかえた感じだと思います。小生ここでは一切をありのままに行動していて少しも淋しくありません。むろん「只人」はあたりまえなこととして平気です。村の人達を全的に信用していますが少しも当惑する目にあいません。もっともこれには分教場主任の良識という良い仲介者のある事が重大関係を持っているには違いありません。小生は村の長老を尊敬し、青年を愛します。知らないことを村人達に教わり、また新知識は折にふれて村の人達に伝えます。小生は指導ということをしようとは思いません。指導よりも浸潤が自然で大切だと思っています。あなたは不思議がられますが、小生はここに永住する気でいます。牛のようにのろいのですが、もう十年もたてば少し話は変ってくるかと思います。まあ先のことはともかくも、現在小生がここに居て至極元気に日を過しているのには、この広大な自然の美が大きい力となっていることも見のがせません。ここの山水はいわゆる絶景ではありませんが、自然の要素がすべて新鮮で、烈しくて、積極的で、毎日のように目をみはるような美しさに接して、飽きるとか見なれるとかいうことがありません。夜の星の大きさ、清水野のひろい原、山口山の樹木の繁茂、国境連山の起伏、早池峰山の奇聳というようなものばかりでなく、路傍のバッケ、カッコ、ホロホロ、ワラビ、ゼンマイから四季の草々花々等、木の実や菌、鳥から冬の野獣に至るまで、ただただ小生を感嘆させるばかりなのです。

　もうおしまいにしますが、これで御返事になるでしょうか。水屋に氷の張る音がぴんぴんとひびきます。


　第二のものは「暗愚小伝」のあと、十一月五日に作られた詩「ブランデンブルグ」。その日の日記には「終日詩の事。……『ブランデンブルグ』を書く。夜十一時まで書いて居る。バッハと此処の環境と十月三十一日の日の天気とを一緒に書いたもの。」と記す。

「古代錦のような秋晴のケンランな完全な一日。風なく、空気うっとりとしずまる。山の紅葉晴天に映え、日光あたたかに草を色に染めている。」と書き留めた天気だ。宮沢家には賢治没後にコロンビアから発売された、ブッシュ室内管弦楽団演奏の「ブランデンブル

スケッチをする光太郎　昭和23年

グ協奏曲」一番から六番までのレコードが揃っていた。危うく防空壕に持ち込んで助けたものだ。ブッシュ弦楽四重奏団を中心に、ルドルフ・ゼルキンのピアノ、マルセル・モイーズ、ルイズ・モイーズのフルートなど絶品の評があった。光太郎はしばしばベートーヴェンの後期のものやバッハを宮沢家できいている。現に十月十三日にも清六に誘われ、花巻の郡農会でのレコードコンサートでブランデンブルグを聞いているが、電圧が低いためか再生音の悪さに不満をもらしている。幻聴はそんなあとで起った。

　岩手の山山に秋の日がくれかかる。
完全無欠な天上的な
うらうらとした一八〇度の黄道に
底の知れない時間の累積。
純粋無雑な太陽が
バツハのやうに展開した
今日十月三十一日をおれは見た。

「ブランデンブルグ」の底鳴りする
岩手の山におれは棲む。
山口山は雑木山。
雑木が一度にもみぢして
金茶白緑雌黄の黄、
夜明けの霜から夕もや青く澱むまで、
おれは三間四方の小屋にゐて
伐木丁丁の音をきく。
山の水を井戸に汲み、
屋根に落ちる栗を焼いて
朝は一ぱいの茶をたてる。
三畝のはたけに草は生えても
大根はいびきをかいて育ち、
葱白菜に日はけむり、
権現南蛮の実が赤い。
啄木は柱をたたき
山兎はくりやをのぞく。
けつきよく黄大癡が南山の草廬、
王摩詰が詩中の天地だ。

秋の日ざしは隅まで明るく、
あのフウグのやうに時間は追ひかけ
時々うしろへ小もどりして
又無限のくりかへしを無邪気にやる。
バツハの無意味、
平均率の絶対形式。
高くちかく清く親しく、
無量のあふれ流れるもの、
あたたかく時にをかしく、
山口山の林間に鳴り、
北上平野の展望にとどろき、
現世の次元を突変させる。

おれは自己流謫のこの山に根を張つて
おれの錬金術を究尽する。
おれは半文明の都会と手を切つて
この辺陬を太極とする。
おれは近代精神の網の目から

「十和田裸婦群像」　湖畔休屋
昭和28年10月除幕

あの天上の音に聴かう。
おれは白髪童子（はくはつどうじ）となつて
日本本州の東北隅
北緯三九度東経一四一度の地点から
電離層の高みづたひに
響き合ふものと響き合はう。

バツハは面倒くさい岐路（えだみち）を持たず、
なんでも食つて丈夫ででかく、
今日の秋の日のやうなまんまんたる
天然力の理法に応へて
あの「ブランデンブルグ」をぞくぞく書いた。
バツハの蒼の立ちこめる
岩手の山山がとつぷりくれた。
おれはこれから稗飯だ。

（昭和23・1『展望』）

光太郎は昭和二十八年に書いた「ラジオと私」という文章の中で、

　山の中で、まだ手許にラジオのないときに、バッハの「ブランデンブルグ協奏曲」を幻聴で聴いたことがある。ちょうど谷の底の方から聞えてくるもんだから、私はとりわけバッハが好きでもあるし、あとで谷底の家へ行って、そのレコードをもう一度聴かせて貰いたいと頼みに行ったら、そんなものはないというので驚いた。考えてみれば、月に一度花巻の町に出かけて行って聴かせて貰っていたのが再生されて聞こえたものだと気がついた。

と回想している。

「暗愚小伝」は「山林」をもって閉じる。「これを書き上げないうちは、他の仕事は手につかない」とまで思いこんだ光太郎の、昭和二十二年、六十五歳の新たな生が再び開始される。山林に根をすえて、積年の夢を実現しよう、ここに文化を創造しよう。村落社会の一員として、自然に没入し、農に従う光太郎がいる。宮沢賢治が「雨ニモマケズ」でうたった「玄米四合の問題」の不合理を説き、酪農に関心し、農村の食生活改善に心をくだく光太郎がいる。牛乳のリットルによる飲用や肉食をすすめ、農家の台所にまで入り込む実践がそれを裏づける。学童教育に心をくばり、土質改善をすすめ、「美術立国」を説き、ミケランジェロを語り、ロダンを語り、美と人間の生についてうまず語り続ける光太郎がいる。裏側で確実にその胸をむしばむ肺結核と、現実の環境が許さない制作不能の、宿命的な彫刻飢餓。血を吐きながらこの国の文化のゆくすえを思い、ごうごうとめぐる無機の世界のとどろきに聞き入り、ここにもまた人間の生とは何かを問い続け、つねに改訂を試みる光太郎がいる。

　昭和二十七年十月、思いがけずめぐってきた機会、十和田湖畔に建つ裸婦像制作のため帰京した光太郎は、作品完成後、にわかに亢進した病状のためベッドに親しむようになった。その間にも詩は生れ、晩年の芸術としての書に関心を深め、原子力に注目し、ロシアの生化学者オパーリンの「生命の起源」に瑞々しく反応して休むことを知らなかった光太郎は、東京の街々が激しく乱舞する珍しい春の雪に浄化されたその翌暁、昭和三十一年四月二日、東京中野の仮のアトリエで七十四歳の生涯を終わった。

II 「暗愚小伝」の成立

◆雑誌『展望』

昭和十五年に古田晁によって創立され、『中野重治随筆抄』で出発した筑摩書房は、戦時を通じて良心的な出版社だった。昭和十七年に光太郎の美術評論集『造型美論』を刊行したのも、この書房である。昭和十六年一月に入社した竹之内静雄は最初の正式社員だった。京都大学の支那哲学科に学び、深く吉川幸次郎に師事していた竹之内は、一方では竹内勝太郎の強い影響下に野間宏、富士正晴と作った『三人』の同人でもある。光太郎は昭和十年、黒部峡谷で転落死した詩人竹内の仕事を敬重し、遺稿詩集『春の犠牲』（昭和16・1　東京弘文堂　題字光太郎）を編んだ富士正晴とも親しかったので、竹之内への信頼は篤かったといっていい。昭和二十一年一月筑摩書房が臼井吉見を編集長として雑誌『展望』を創刊するとき、いち早く太田村の光太郎山居を訪ねたのも竹之内だった。

昭和二十年十二月二十八日付の竹之内に宛てた書簡が残っている。

　雑誌『展望』拝受、思っていたよりも立派な読みごたえのある雑誌になったのでよろこんでいます。俗なものにしたくないような気がします。小屋に移住早々だったので創刊号にも二月号にも執筆出来ませんでした。些細なものですが詩一篇同封します。よかったらお使い下さい。山小屋周囲積雪すでに三尺平均に及び、郵便屋さんも時々休みます。いよいよ冬籠りです。灯火なきため夜間執筆は不能です。蝋燭入手さえ困難な状態ですから。

　夜は柴を焚いて暖と光とをとります。

同封されていたのは、三月号の『展望』を飾った「雪白く積めり」の詩稿だった。

星凍る北方苛烈な自然の独居沈思の中にいて、初めの心はずみは心はずみとして、いま自分をここに置く、その必然の来由点検の避けがたい思いは、光太郎の心中に次第に形を取りはじめる。戦後のそれまでの詩をすべて捨て、詩集『典型』（昭25　中央公論社）の巻頭に置いたのはこの詩である。

関連のある竹之内への手紙をもう少し写そう。

昭和二十一年三月十五日

　三月六日附のおてがみ拝受、いつぞや送主不明の小包で蝋燭がまいりましたが筑摩書房からだったのですか。今度又いいローソクを沢山いただき感謝しています。灯火が何よりです。昼はどうしても用が多いので書くものは自然夜になります。今度は散文をと思っていますが、例の該当者というものの文化方面に小生も末席を与えられるような事があったらお知らせ願います。発表をさしひ

「雪白く積めり」詩碑　太田村山口
昭和33年4月建立

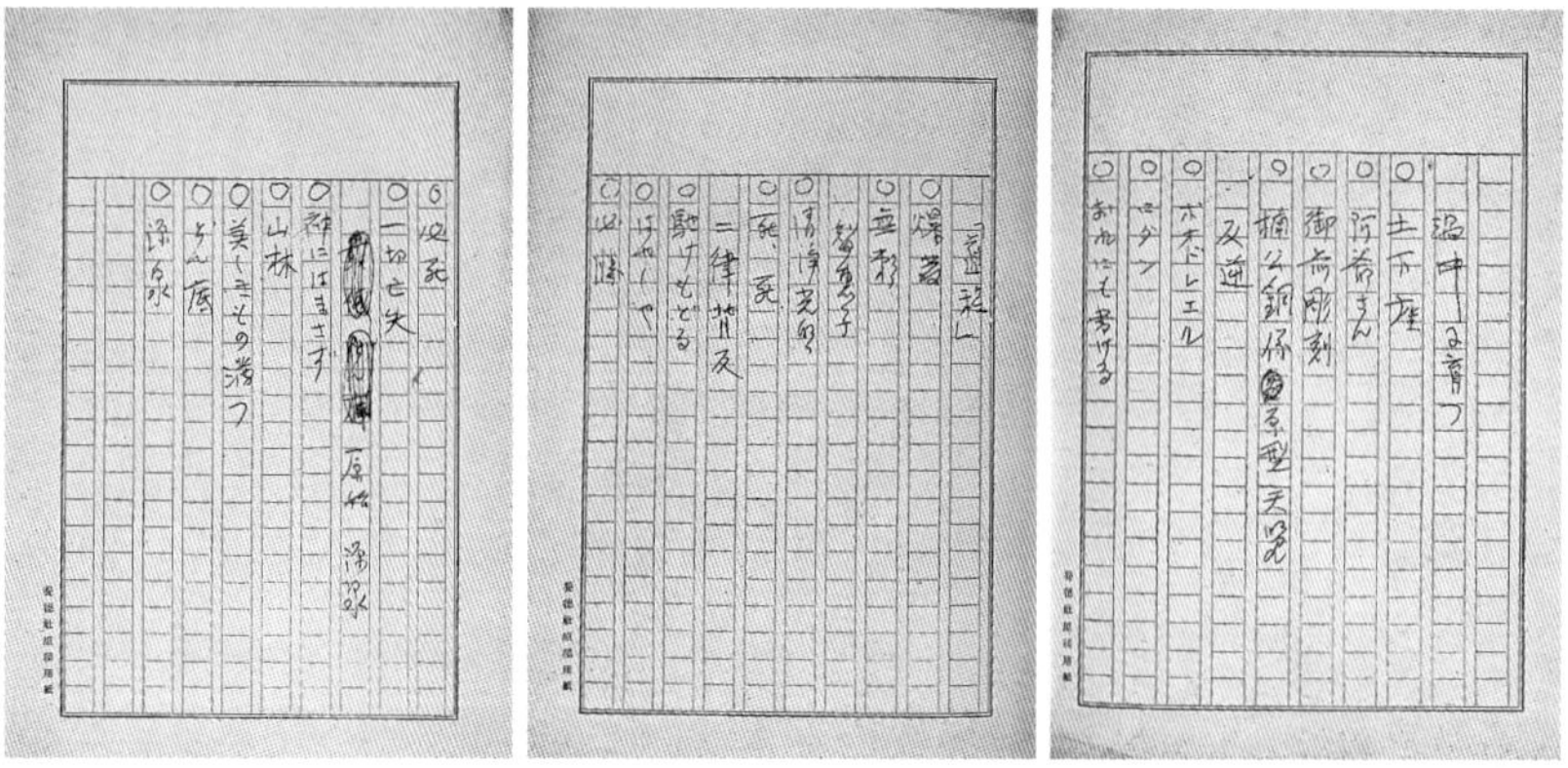

渦中に育つ　構想案　昭和22年

かえねばなりませんから。『展望』三月号も拝受。
……又大雪がふりました。

敗戦以来、戦争犯罪人の逮捕や、公職追放、文化人を含めての戦争責任の追及などが次々に報じられる世情のなかで、「該当者」の持つ言葉の意味は重い。五月三日には極東国際軍事裁判所が開廷され、十一月三日には日本国憲法が公布されている。

十月十九日

おてがみ拝見。『展望』はいつもありがたく読んで居ります。低俗にならないのがうれしく存ぜられます。小生詩、その他を書いては居ますが今まだ発表する事に気乗りがしません。いつかかためて『展望』で発表したいとは思っていますが。他の雑誌へやる気はしません。詩の雑誌は殊に低いように思われます。

◆その発端——もう一つの構想

「暗愚小伝」二十篇の詩篇のうち、最も早いものは昭和二十一年十月五日、敗戦後二度目の智恵子の命日に作られた「報告（智恵子に）」だが、発想まで遡れば昭和二十一年五月十一日の日記に、「夜は読書せず。詩の事。『余の詩を読みて人死に赴けり』を書かんと思う。」と書かれたのが資料的にはもっとも古い。

正確な年月は確定出来ないが、「暗愚小伝」の題名が確定する以前、二、三十篇になるだろうと予想した内容が、ほぼ二十篇に集約された時点で作られた「暗愚の歴史」という構想の目次草稿がある。以下の記述に関わる部分もあるので、最終目次と対比して記録しておこう。

「暗愚の歴史」

渦中に育つ
1　○土下座
2　○阿爺さん
3　○御前彫刻
4　○楠公銅像原型天覧
反逆
5　○ボオドレエル
6　○ロダン
7　○おれにも書ける
道程
8　○爆発
9　○無頼
智恵子
10　○清浄光明
11　○死、死
二律背反
12　○駆けもどる
13　○はやしや
14　○必勝
15　○必死
16　○一切亡失
原始　源泉
17　○神にはまさず
18　○山林
19　○美しきもの満つ
20　○どん底

「暗愚小伝」

家
1　○土座座
2　○ちょんまげ
3　○郡司大尉
4　○日清戦争
5　○御前彫刻
6　○建艦費
7　○楠公銅像
転調
8　○彫刻一途
9　○パリ
反逆
10　○親不孝
11　○デカダン
蟄居
12　○美に生きる
13　○おそろしい空虚
二律背反
14　○協力会議
15　○真珠湾の日
16　○ロマン ロラン
17　○暗愚
18　○終戦
爐辺
19　○報告（智恵子に）
20　○山林

（暗愚の歴史）鉛筆稿

21　〇源泉

「暗愚の歴史」の方が一つ多いが篇数ほぼ同じ、ただし内容構成はかなり異なる。二つを合わせれば、はじめ二、三十篇と言った光太郎の構想はほぼうかがえようか。

「暗愚の歴史」に組み込まれた詩篇の題名には自明のものもあるが、智恵子を象徴すると思われる「清浄光明」は、浄土信宗の和纂のなか言葉、11の「死、死」では父光雲の死に重なる智恵子の死を描きたかったのであろう。12は開戦の衝動を、13の「はやしや」では「暗愚」注解の項に述べた飲み屋「林家」での、あの暗愚の自嘲が歌われたに違いない。特に注目されるのは、この清書された構成には、もう一つ別に鉛筆書きの下書きがあって、15の「必死」のあとに「わが詩を読みて人死につけり」の題名が記され、それを抹殺して「一切忘失」と書き改めて居ることである。即ち五月十一日に発想されたあの詩の題名である。

養徳社の書き損じ二百字詰の原稿用紙の裏面を横に使って記された、その未完の草稿が残されている（79頁）。

　　わが詩をよみて人死に就けり
爆弾は私の内の前後左右に落ちた。
電線に女の大腿がぶらさがつた。
死はいつでもそこにあつた。
死の恐怖から私自身を救ふために
「必死の時」を必死になつて私は書いた。
その詩を戦地の同胞がよんだ。
人はそれをよんで死に立ち向つた。
その詩を毎日よみかへすと家郷へ書き送つた
潜航艇の艇長はやがて艇と共に死んだ。

おそらく光太郎の最も深い悔やみの一つであったろうこの嘆きは、行間も含めていまも切々と胸を打つ。しかしこの詩はついに完成しなかった。類似の事実は光太郎の耳に目に、幾つもとどいたにちがいない。戦没学生の手記『はるかなる山河に』や『きけわだつみのこえ』が編まれたのは「暗愚小伝」以後のことに属する。

「暗愚小伝」に収められなかったもう一つの断片のことも、ここに書き添えよう。

「暗愚小伝」草稿と同じ青磁社二百字詰原稿用紙の二行目から書き始められているのは、こういう詩である（79頁）。

死はいつでもそこにゐた。
人は生きる為に生きず、
死ぬ為に生きた。
巷の壮年はつぎつぎに引きぬかれた。
引きぬかれて大陸へ行つた。
行けば大凡（おほよそ）かへらなかつた。
つひに死は生活に飽和した。
死の脅威が人をやけくそに追ひこみ、
いつ来るか分らぬ運命の不安に
人は皆今日の刹那に一生をかけた。

太平洋戦争開戦直前、詩「必死の時」を生んだ時期の状況である。結局捨てられた詩のなかには、題名をつけられぬまま書き始められ、未完に終わったものが幾つもあったろう。しかしそれらの発想稿の殆どは、光太郎詩の多くの例のように破棄されて残らない。

◆一群の詩——意図と製作

一連の詩群を書くことの発想は、昭和二十一年九月に始まる。

九月二十日　宮崎稔宛

一聯の長い詩が出来そうです。ふと着想しました。

十二月二十八日　佐藤隆房宛

石油の節約で夜業は出来るだけせぬように致して居りますから、書き物はどうしても遅れますが、今長い詩を製作中で、いずれ来春発表いたすつもりで居ります。

「暗愚小伝」の総題が頭に浮んだのは、翌昭和二十二年一月七日で、日記には「詩の題を考える。『暗愚小伝』とせんかと思えど再考。」と書く。

以下、当時の日記、書簡の中から「暗愚小伝」にふれている部分を書き抜こう。

昭和二十二年一月八日　宮崎稔宛

小生自身の暗愚を書いた長い詩はまだ書いています。

一月十二日　西出大三宛

詩をいろいろ書いています。まとめて又いつか『展望』に発表するつもりでいます。

三月四日　更科源蔵宛

これはずっと以前から『展望』と話合があったもので、一年近く送るのがのびていた次第で、近日『展望』の竹之内君が来訪するというハガキさえ昨日届いているようなわけで、完成したら『展望』へやらねばなりますまい。二十五篇から三十篇ばかりになる一聯の詩で題名はまだ定まりません。『暗愚自伝』とでもいうべきものです。まだ全部完成に至りません。

三月九日　安藤一郎宛

貴下の詩まとめられたら是非よみたいものです。小生も近く二三十篇一緒に発表するつもりで居ります。

三月十日　富士正晴宛

小生幸に健康、一聯の詩　暗愚自伝のようなものを書いて居ります。

三月十三日　椛沢ふみ子宛

『展望』へやる詩はまだ書いています。三十篇ほどになります。先日『展望』から記者が来訪して来ました。

三月二十六日　竹之内静雄宛

例の詩はまだ書き入れたり、消したりを繰返していますが、又かかる詩を発表する事の意味についても考えて居ります。その考が自分ではっきりし、納得出来たら、お送りして、ともかくも見ていただきたいと思って居ります故何分よろしく。

詩の二十篇への集約はこのあたりだろうか。この月には教育基本法が公布され、翌月から義務教育の六・三制が実施された。

四月八日　小林治良宛

詩はそのうちかためて雑誌に発表するでしょう。多分『展望』に出すでしょう。

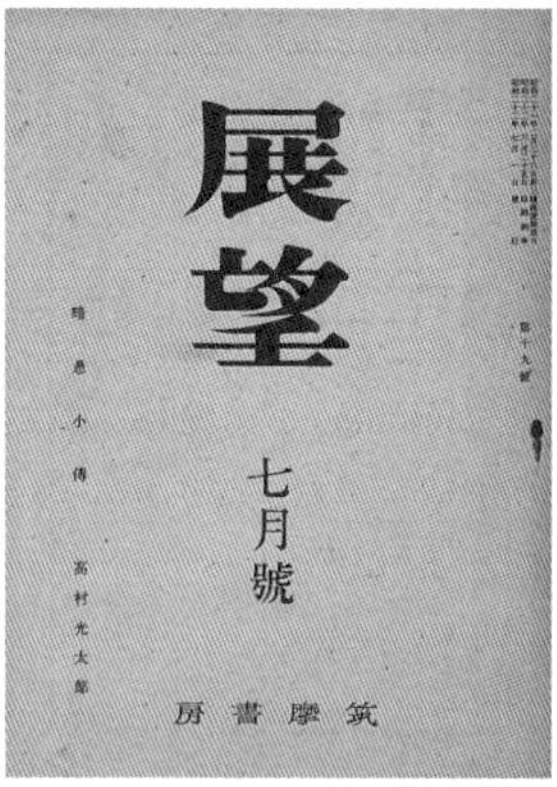

展望
七月號
暗愚小傳
高村光太郎
筑摩書房

雑誌『展望』昭和22年7月

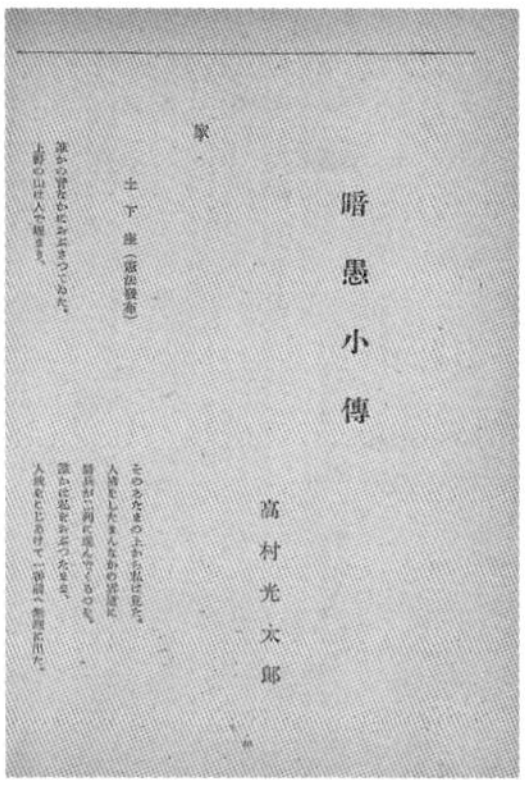

同右

四月二十七日　宮崎稔宛

　詩の原稿の最後の清書を今やっています。五月早々『展望』へ送る気です。

六月一日　臼井吉見宛

　昨日分教場で電報をうけとりました。詩稿『暗愚小伝』（題名未定）は、いつまでも書き直していてもきりがありませんから此の十五日までに遅くもそちらに届くようにするつもりで居ります。一応読んでみて下さい。

　雑誌でも検閲があるのでしょうが一切自由に書きましたから御注意下さい。

佐藤隆房は光太郎のこんな言葉を記録している。

　日中は来客や畑の仕事で時間をさかれて出来ないし、ローソクでやりましたが、只一字を改めるにも一時間もかかり、推敲に又推敲で、ずいぶん時間がかかりました。

六月五日　日記

　『智恵子抄』への追加詩二篇清書。「報告」「松庵寺」。

この日は別に「報告」を清書して、白玉書房新版の『智恵子抄』に追加するために送っている。この時点では、その後も智恵子詩篇は『智恵子抄』に増補するつもりだった。

六月九日　日記

　詩の事少々、

六月十日　日記

　詩の事に終日かかっている。

六月十二日　日記

　詩の事に終日かかっている。

六月十三日　日記

　午后詩の事。

六月十四日　日記

　終日詩の事、

六月十五日　日記

　詩の事。

六月十六日　日記

　夜清書、全部終る。

六月十七日　日記

　朝詩稿二十篇、二十八枚ばかり包装、小包にする。宮崎稔氏来訪、午後宮崎氏右の小包を花巻局までゆきて出してくれる。

　夕方血がのどから出る。わたのような形のものまじる。蒲団をしいて横臥。六時頃宮崎氏かえる。水などくんでおいてもらう。……夜血痰は少なくなる。

翌日、血は名残がすこしあるが、少なくなる。二十篇の語はここで初めて出る。

同日　臼井吉見宛

　このハガキと同時に湯口局から詩稿を書留速達でお送りします。局まで一里程ありますが、今日友達が行ってくれます。詩篇は、書いたのは三倍以上書いたのですが切りつめられる限り切りつめて二十篇にしました。こんな変な詩なので、雑誌の迷惑にならなければいいがと思っています。頁数の御都合で二段組になされてもかまいません。

六月二十四日　小森盛宛

　『展望』七月号へ詩二十篇送りましたが、検閲

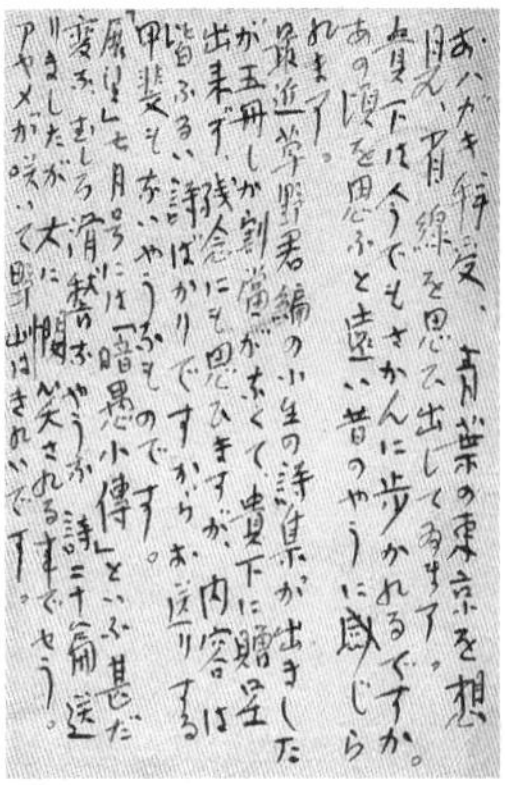
おハガキ拝受、青葉の東京を想
ひ出し、青線を思ひ出して居ます。
貴下は今でもさかんに歩かれるですか。
あの頃を思ふと遠い昔のやうに感じら
れます。
最近草野君編の小生の詩集が出ました
が五冊しか割当がなくて貴下に贈呈
出来ず、残念に思ひますが、内容は
皆ふるい詩ばかりですから、お送りする
甲斐もないやうなものです。
「展望」七月号には「暗愚小傳」といふ甚だ
変な、むしろ滑稽なやうな詩二十篇送
りましたが大いに憫笑される事でせう。
アヤメが咲いて野山はきれいです。

宮崎丈二宛はがき　昭和22年7月12日

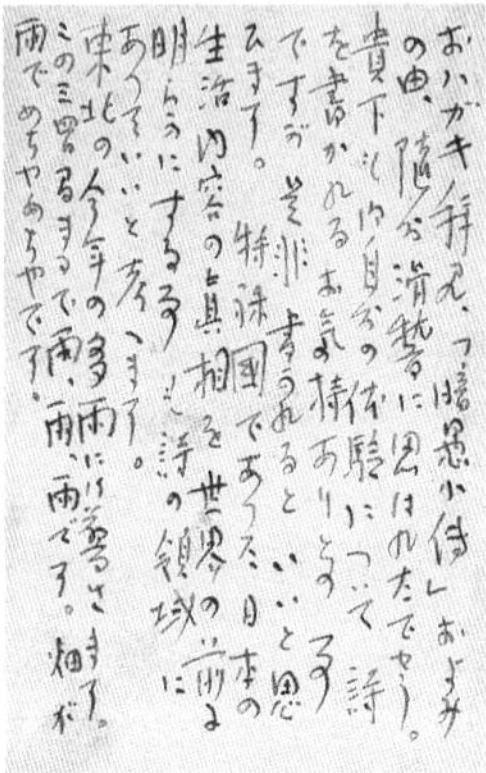
おハガキ拝見、「暗愚小傳」およみ
の由、随分滑稽に思はれたでせう。
貴下も御自分の体験について詩
を書かれるお気持ありとの事
ですが、是非書かれるといいと思
ひます。特殊国であつた日本の
生活内容の真相を世界の前に
明らかにする事も詩の領域に
あつていいと考へます。
東北の今年の多雨には驚きます。
この三日ほどまるで雨、雨、雨です。畑が
雨でめちやめちやです。

宮崎丈二宛はがき　昭和22年9月12日

がどうですか。

六月二十七日　竹之内静雄宛

『展望』へ先日『暗愚小伝』と題して詩二十篇お送りしました。切りつめてもう一行も動かせなくなりました。

◆**発表**

「暗愚小伝」二十篇は、昭和二十二年七月一日発行の『展望』第十九号に掲載された。「暗愚小伝　高村光太郎」の文字は表紙にも印刷されている。A５判、六十四頁、定価十五円。大島康正「実存主義の社会的基盤」、桑原武夫「ニヒリストの出発――マルローについて」、和辻哲郎「世界的視圏の成立過程（四）」、手塚富雄「三つの作品」、『展望』に続いてこの詩のために巻末四分の一強、二段組、十八頁がさかれる。そして恐らく編集者臼井吉見の手になる「編集後記」は、こう書き始められる。

つづいて二回の戦火に遭い、遠く岩手の山奥にみずからの手でしつらえた住いに孤坐する高村光太郎氏が、想を構えること二年間、稿成って珠玉二十篇を寄せられたことは感謝にたえない。歌うところは孤独な老詩人の生涯の精神史であり、題して暗愚小伝という。電灯のつかない山小屋の榾火のあかりで鏤骨（るこつ）の推敲を重ねられた夜々をおもい感慨なきを得ない。この詩人の数多い詩業のなかで本篇の占める特異な位置と意味については贅言（ぜいげん）するに及ぶまい。

「暗愚小伝」は昭和二十五年十月、中央公論社から刊行された『典型』に、また昭和二十七年五月に同社から刊行された『高村光太郎選集』「Ⅱ詩下」収められた。

七月一日以降の若干の書簡を写して置こう。

七月三日　西出大三宛

『展望』七月号に詩二十篇送りましたが、検閲でどうなるか分りません。「暗愚小伝」と題する変な詩です。

七月十二日　宮崎丈二宛

『展望』七月号には「暗愚小伝」という甚だ変な、むしろ滑稽なような詩二十篇送りましたが大いに憫笑される事でしょう。

七月二十九日　宮崎丈二宛

『展望』七月号の詩はあまり御期待下さらぬよう願上ます。まったく暗愚小伝にすぎません。

Ⅲ　反響

◆**書簡**

反響は様々なところから様々な形で起った。まず幾つかの書簡から引こう。

九月十二日　宮崎丈二宛

「暗愚小伝」およみの由、随分滑稽に思われたでしょう。貴下も御自分の体験について詩を書かれるお気持ちありとの事ですが是非書かれるといいと思います。特殊国であった日本の生活内容の真相を世界の前に明らかにする事も詩の領域にあっていいと考えます。

九月十九日　西出大三宛

　あの詩をよんでくださった由、忝（かたじけな）く存じます。ただ正直に書いただけですが検閲で削られなかったのは幸いでした。

九月二十七日　藤島宇内宛

　おてがみよんで感謝しました、今あの詩を本にする気がないのはあれに関係あるような詩がまだいろいろあるので後日それらを一緒にまとめて本にしたいと思っているからです。

「暗愚小伝」は光太郎の心中で、まだ必ずしも終っていない。

翌二十八日には、二十三日に書かれた美術評論家水沢澄夫の長い手紙が届いている。その巻紙墨書の手紙にはこんな一節があった。

　展望の御作拝読いたしました。三好達治氏の評は知りませんが、北川冬彦氏の批評はよんで知識層の意見を大体表白していると思いました。もっと若いジェネレーションは、作者の正直さをむしろ、逆に受とっているようです。しかし、どちらも作者の思想内容あるいは態度について、主として云々しているように見えます。私はしかしもっと酷烈です。「詩は自然に生れる」かも知れませんが、『道程』の作者の詩はもっと外のものであった筈だと思います。少くとももっと「詩」だったと思います。『造型美論』を読み直し、いくらか高村光太郎をわが裡に呼び戻せたかの感がありましたが、私の求める「詩」は、先生において「いよいよ燃える」「彫刻意欲」の所産に盛り込まれたもの以外には無いと極まりました。

　私は、戦争のはじめ、中途、おわり、それから終戦後、日本の文化・国民の文化しか考えなかったし、考えません。今は人民の文化と言った方がいいかも知れません。先生とは年齢・環境がちがうから、ちがう表白になるのかも知れませんが、先生の目途も国民文化のひき上げ・豊富にすることに専らあったにちがいない筈です。先生は、専心彫るべきであったし、彫らなければならぬ筈です。

光太郎はただちに手紙を書いて水沢に応える。

九月二十九日　水沢澄夫宛

　あの詩を真正面からよんで下さって真正面から意見を述べて下さった事をしんにありがたく思いました。他の人の意見は北川冬彦氏のもの以外にはまだ知りません。北川氏のは読過の際の通り一遍な所感のように思えました。貴下の絶対否定のお言葉をよんでなるほどと思いましたが、小生はやはり貴下に憫（あわれ）まれながら死ぬまで詩を書くでしょう。詩は、小生内部からの自己爆破に備える為の安全弁の作用をするので已むを得ません。（この安全弁の意味を北川氏は違った世俗的意味にとっているように見えました。）そしていわゆる「詩」からの脱走はますます意識的に烈しくなるでしょう。いわゆる「詩」をますますふみにじるでしょう。それが別個の詩を生むか生まないか、それはずっと後の人が知るでしょう。彫刻の正当な製作物が資材の関係でまだ三四年は得られないので少々遺憾ですが、小生はあせりません。人体に対する渇望は嘔吐を催すほど強いのですが、今はこらえています。そして健康と精力との涵養につとめています。七十歳を目当にしています。

しかし書簡は「愚かさ」のもう一つの面を伝える。翌日、札幌の更科源蔵に宛て、こんな文面が書き送られる。「別封で詩一篇だけお送り致しました。他の詩篇はまだ十分にまとまらず、それをやっていると遅れ過ぎると存じ、ともかくも一篇だけお送りした次第です。」

　この日、清書して送られたのは、雑誌『至上律』のための「蒋先生に慙謝す」だった。昭和十七年一月十三日に作られ、二月号の『中央公論』に発表された詩「沈思せよ蒋先生」に照応する。

……………

愚かなわたくしは気づかなかつた。
先生の抗日思想の源が
日本の侵略そのものにあるといふことに。
気づかなかつたとも言へないが、
国内に満ちる驕慢の気に
わたくしまでが眼を掩はれ、
満洲国の傀儡をいつしらず
心に狎れて是認してゐた。
人口上の自然現象と見るやうな
勝手な見方に麻痺してゐた。

天皇の名に於いて
強引に軍が始めた東亜経営の夢は
つひに多くの自他国民の血を犠牲にし、
あらゆる文化をふみにじり、
さうしてまことに当然ながら
国力つきて破れ果てた。
侵略軍はみじめに引揚げ、
国内は人心すさんで倫理を失ひ、
民族の野蛮性を世界の前にさらけ出した。
先生の国の内ではたらいた
わが同胞の暴逆むざんな行動を
仔細に知つて驚きあきれ、
わたくしは言葉も無いほど慙ぢおそれた。
日本降服のあした、
天下の暴を戒められた先生に
面の向けやうもないのである。

わたくしの暗愚は測り知られず、
せまい国内の伝統の力に
盲目の信をかけるのみか、
ただ小児のやうに一を守つて、
真理を索める人類の深い悩みを顧みず、
世界に渦まく思想の轟音にも耳を蒙んだ。

……………

慙謝しなければならないのは、かつて詩を献じた蒋総統のみではない。「暗愚小伝」の背後に渦巻き、表

一九四六年一月一日　文學時標　創刊號　(一)

文學時標

東京都下吉祥寺一〇九一　文學時標社
編輯印刷發行人　小原元
毎月一日十五日發行　定價貳拾五錢

發刊のことば

石もまた叫ばん！

いつ終るともなかつた絶望の長夜にも、つひに光がさしてきた。惨苦と汚辱の反動十數年を耐へて、今日ここに自由の陽ざしに立つことを、生けるしるしあり、と心から悦ぶ。

おもへ！　われら青春の日に目撃した惨事の數々を…。日本ファシズムが文學に加へた秘行と凌辱は、消えることのない瘢痕と化し、いまなほ疼きを覺えるのだ。

かれら文學の敵は、まづ、プロレタリア文學運動を厭殺し、つぎにその血まみれの手を、同伴者作家、進歩的・自由主義的文學者のうへにと伸ばした。かれらは平和と人道を愛する作者たちからペンをもぎ取つた。さらに、かれらは文學流派としてのリアリズムを抹殺した。生活派、現實派、そして『綴方教室』風の作文さへも『犯罪』なりとして、文學を愛する數多くの人々を檢擧したのであつた。かれらの狂行は、實證主義、合理主義の否認を以て、つひにその絶頂に達した。文學は完全に息の根を絶つてしまつた。

だが、かれらファシストたちと陰に陽に力をあはせた作家、評論家がゐたことを忘れることはできない。その最大なるものは『聖戰』文學の製造者とその支持者である。かれらは銀三十枚とキリストを換へたユダのごとく、卑小な野心、些かの生活の資をえんとして、文學の純潔を娼婦のやうに自らの手で泥土に委ねたのであつた。言ふなかれ！　指導者にあやまられてゐたのだと、或は、官憲の壓迫のため舞文曲筆を敢へてしたのだと。あの呪縛にかけられたい

生活においての統一

宮本百合子

文學と政治

日本の文學と文學者とは、最近數年の間に極めて容赦のない過程で、政治といふものについて、目をさまされて來た。

大體日本文學は、その歴史の發端から、風流を文學の藝術性の骨子として、社會生活から或る程度隱棲した位置に自身をおいた知性と感性との表現としての傳統をも

『文学時評』創刊号　昭和21年1月

現をせまったのは「わが詩をよんで死についた」多くの人々や、それをも含む限り無い無辜の死、滅び去った数えきれない文化、押し殺した自分自身の死の恐怖や、そして何よりも様々な誤信や、それをもたらした人間としての、人間に対する、暗愚の思いだったに違いない。藤島に答えた「関係ある詩がまだいろいろある」という言葉は、生れないままに鬱屈した数々の詩を予感させる。

十月二十四日　椛沢ふみ子宛

「暗愚小伝」は随分たくさんの非難をうけているようですが、これは予期していたところで、すべて甘受します。あの散文のような形式も、味も無いような表現も、小生としては当然の事なので、あれはあれでいいのだと思っています。内容も一度ははっきり書いて置くべき事をはっきり書いたに過ぎません。あそこを通り越して真に新らしく前進するのが小生などの年代のものの已むを得ぬ道です。此点は今日の年代の人に一寸理解し得ぬところと思います。

◆戦争責任論

文壇での「暗愚小伝」の反響を測定するためには、いくぶん重複するとしても、時間をすこし遡って、敗戦後の文学的状況を知っておく必要がある。

文学の世界でも、戦争犯罪者摘発の機運にのって、戦争責任追及の動きは敗戦直後からあった。開戦の日に重ねて昭和二十年十二月八日に共産党などが主催し、神田共立講堂で開かれた戦争犯罪人追及人民大会は、天皇も含む千余人の戦犯者名簿を発表した。

『中央公論』『改造』が復刊し、『世界』『展望』などが創刊された昭和二十一年一月、荒正人、小田切秀雄、佐々木基一によって始められた隔週刊の小新聞『文学時評』は、十一月十日発行の十三号で終ったけれど、「文学検察」欄によって文学者の戦争責任追及の手を終始ゆるめなかった。その第一号に「高村光太郎」を取り上げたのは小田切秀雄である。

小田切は昭和十六年に長編の評論「近代文学の古典期」を書いて、かつて光太郎の果たしてきた業績への深い感動と評価とを表明した文芸評論家だが、後に「高村光太郎の戦争責任」と改題されたこの文章は、戦後初期の光太郎追及を方向づけたといっていい。

小田切は旧作を尋ねてまで筆写し、「傷をなめる獅子」が傷癒えてその孤高の寂寥から起き上り、時代の険しい空気に、そのやすらっていたきびしい韻律を鳴り響かせるのを、期待と不安の錯綜した気持で見守っていたと前置きした後で、

だが、断崖から転がり落ちるような、目のくらむような早さでこの詩人は侵略権力のメガフォンに堕ちて行った。……もとより彼は「正直一途なお正月」と歌ったように、彼自身正直一途であった。意識して虚偽を並べる詩人は韻律による支えを得ることが出来ない。だが、正直一途であったためにかえって人民の敵を讃美し擁護するに至ったこの愚しさ。……韻律は形骸化した。往年「猛獣篇」の一聯の詩に、檻の金網にいつまでも屈しないで自らの野生に生きようとする猛獣達の寂し

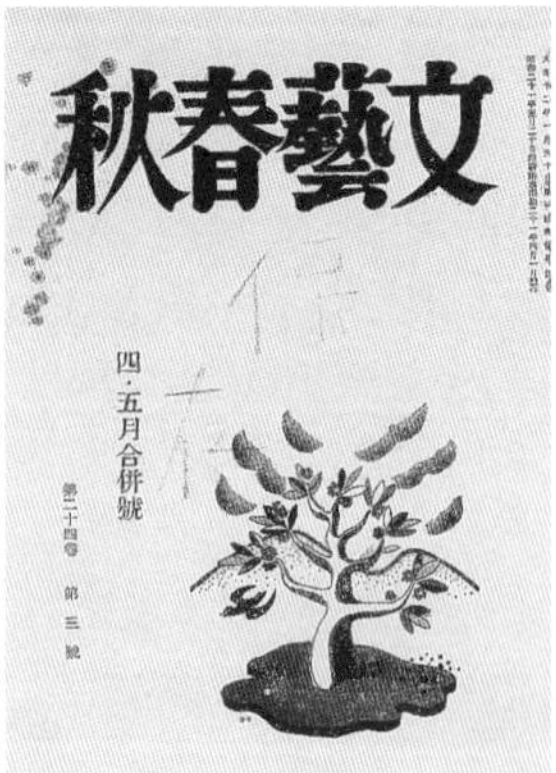

雑誌『文芸春秋』昭和21年4月
壺井繁治「高村光太郎」収載

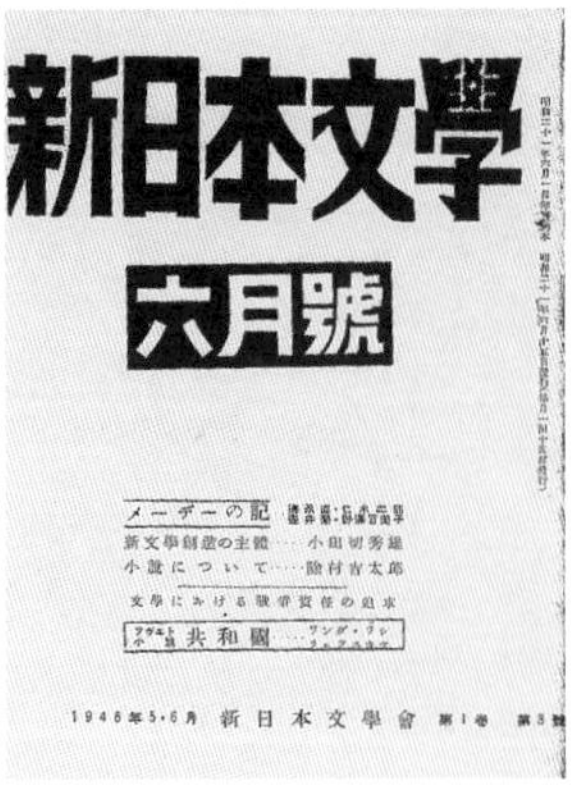

雑誌『新日本文学』昭和21年6月
「文学における戦争責任の追及」収載

さや憤りを歌った者が、いまその檻そのもの、金網そのものの極めてまじめな礼賛者、宣伝者となったのであった。

　戦争の進行と共に、詩人は多くの侵略権力の単なるメガフォンと化した。プロレタリア詩人の政治主義と違って、これは時の支配権力への迎合であるが故に、決定的に卑しかった。

と書き、こう断罪した。

　こうした詩人達の未だ前例を見ぬ堕落は、高村光太郎の動きによって促進されるところ最も大であった。「正直一途」の光太郎によって詩人たちは自己の堕落への最大の誘惑と弁解とを得たのであった。

　多くの詩人の中で高村光太郎は、直接人民に対して戦争責任の最も大なるものがあるばかりでなく、詩人全体の堕落に対して最高責任をとるべき人物である。「第一級」たるゆえんである。

続いて『文芸春秋』四、五月合併号に壺井繁治の「高村光太郎」が載る。壺井もまた、かつて「私の好きな詩人」（昭和13）に「今日の日本の詩壇で一番好きなのは誰かと問われたら、私は躊躇することなく高村光太郎の名をあげる。」と書いたプロレタリア詩人である。小田切を補って抜粋しよう。

　彼は「地理の書」あたりから、久しい沈黙を破って、「道程」の作者らしい独自のきびしい韻律をもって歌いはじめたが、それは戦争が要求する独特なはげしさと、たまたま内面的に一致するところがあったのだ。これが彼に今度の戦争の侵略的性格などを考えさせずに、彼を戦争へ、戦争へと駆り立てるモメントとなったのだ。彼は外部的な力によってではなく、むしろ、自らの内部的リズムによって、自分自身を戦争へ駆り立てたというべきである。そこに彼の詩人としての悲劇が約束されていた。……それが今日から見れば、日本軍部の代弁に外ならなかったということで、あまりにも惨めである。しかも戦争が終って、日本の進歩的な部分が民主革命への道に向って必死の戦いを続けている今日、今度の戦争を通じて自分の果した反動的な役割に対して、いささかの自己批判をも試みようとはしない。彼は詩人として受けた自己の悲劇と誤謬をなお悟らず、相変わらずの詩を発表しているが、それらの詩には最早詩人としての高村光太郎の代りに、一人の反動的な俗物に成り下った高村光太郎以外何者をも見出すことが出来ぬ。

時代の評価は評価として、小田切の文章からは「愚しさ」の一語に、壺井からは「いささかの自己批判をも試みようとはしない」の一節に注意しておこう。

　一月三十一日に二十四頁の創刊準備号を出し、三月に創刊された『新日本文学』（新日本文学会）は六月、編集兼発行人が蔵原惟人から壺井繁治にかわったその第三号に、「文学に置ける戦争責任の追及」を掲げた。三月二十九日の新日本文学会東京支部創立大会で提案され、可決されたものの要旨で、執筆者は小田切だった。文学界に与えた衝撃は『文学時評』と比較にならぬほど大きく深い。文章はそこで、日本文学の堕落のその直接の責任者・堕落への指導者はいなかったか。
人民の魂たるべき文学者にしてかえって侵略権力のメガフォンと化して人民を戦争へ駆り立て、欺瞞と迎合とによって支配者の恥しげもない婢女となった者、特にその先頭に立った者はなかったか。
自己の批判者が特高警察や憲兵やその他の力によって沈黙させられたとき奇貨おくべからずとして飛び廻った者、或は自分の文学上の敵を「赤だ」とか「自由主義だ」とかいって密告し挑発して特高警察へ売り渡した文学者はいなかったか。
また、粗雑な人間主義やヒューマニズムによって今次戦争の本質をとりちがえ、そのことで侵略戦争を人間とかヒューマニティの名で飾り立て、世の柔軟な心をもつ若い人々を戦争へ駆り立てた文学者はいなかったか。
そして更に、たとえ戦争をおのずからなる現実の動きだとしてやむなく肯定してしまったのであったとしても、その肯定したということで若い文学的世代を戦争肯定へ押しやる力の大であったというような文学者はいなかったか。

と問いかけ、自ら「すべてこれらはいた。」と断じた。戦争責任者はもとより文学者のみではないが、文学の堕落に第一に責任のあるのはやはり文学者にほかならぬとして、まずその主なるものの名簿を発表したのである。

菊池寛、久米正雄、中村武羅夫、高村光太郎、野口米次郎、西条八十、斎藤劉、斎藤茂吉、岩田豊雄、火野葦平、横光利一、河上徹太郎、小林秀雄、亀井勝一郎、保田与重郎、林房雄、浅野晃、中河与一、尾崎士郎、佐藤春夫、武者小路実篤、戸川貞雄、吉川英治、藤田徳太郎、山田孝雄（以上二十五名　順不同）

九月二十四日付の小森盛に宛てた光太郎のハガキは、

小生の論難はすべて快くうけるつもりです。壺井さんのはよみましたが小田切さんのはまだ見ません。時間が一切を裁断するでしょう。

と答える。

小森は明治三十九年に茨城県に生れた詩人で、戦時の光太郎について、「われわれはかかる高村さんの一面を事実として肯定し、もしくは非難せねばならない。」としながら、光太郎を擁護して必死に壺井らの論難に対した。

文壇での戦争責任追及の論議は様々に屈曲したが、中野重治がそんな状況を踏まえて「批評の人間性（二）―文学反動の問題など―」を書いたのは、光太郎が「暗愚小伝」を書き上げつつある、昭和二十二年五月の『新日本文学』六号でだった。

◆「暗愚小伝」論議

光太郎が水沢への返書で触れた北川冬彦の「高村氏の『暗愚小伝』」は、詩群「暗愚小伝」に対する最も早い反応の一つだと言っていい。

冬彦は戦争中の光太郎の仕事から、敗戦後、左翼の詩人達によって戦犯性追及のホコ先が集中したのは無理からぬことだとした上で、

雑誌『至上律』3　昭和23年2月
詩「蒋先生に慙謝す」収載

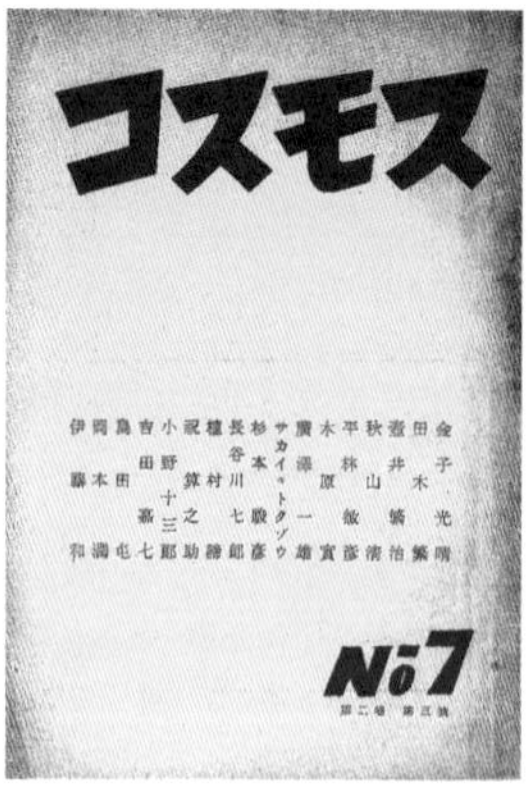

雑誌『コスモス』No.7　昭和22年10月

「暗愚小伝」を貫くものは、ときに自己弁護と響くところもないではないが、素直で堂々としたますらお振りである印象を受けた。それは、自らも愛国詩を書きながら、取り巻きにアレは合法ギリギリに追いつめられたのだなぞと弁解させ、ホオカブリで戦犯追及をやる人達に比べればその犯した罪は罪として、どれほど人間的に立派な態度であるかわからない。これには敬意さえ払わせるものがある。

しかし、結末の「山林」で「他の国でない日本の骨格が、山林に厳として在している」「村落社会に根をおろして、世界と村落とをやがて結びつける気だ」となってくると、私はいささか不安を感じないではいられない。国士的風ぼうをそこに見るからである。「おのれの暗愚をいやほど見たので」あるなら、だれから見ても感心しない戦時中の動きがあったのだから、よし、それがどんなに立派なものであるとしても、高村氏には対社会的抱負などのべてもらいたくないと思う。「彫刻はわたくしの錬金術、詩はわたくしの安全弁」と高村氏はかつて書いたが、氏にとって詩は安全弁では決してなかった。むしろ、今となっては彫刻の方が安全弁であるようだ。

詩作品としての「暗愚小伝」は自己の一生を語りながら、一つの歴史的展望を与えた叙事詩的形式と、その立体構成とディテエルの浮彫りの見事さとで、近時際立っているものだが、そんなことは高村氏にとっては、いわれなくてもよいことなのであろう。

（昭和22・9・15『朝日新聞』）

「読過一遍の感想」にすぎず、光太郎理解の浅さや誤解があったとしても、おそらくこの詩群を受け取った詩壇や一般読者の多くの見解だったに違いない。

あの小森盛に、その『朝日新聞』発行と同じ執筆の日付を持つ「暗愚小伝を読む」がある（実際に発表されたのは詩「蒋先生に慙謝す」が掲載された昭和二十三年二月の『至上律』だが）。その一節は光太郎の身辺にいた者が、隠さず素直に洩らした嘆息として、聞いておく必要がある。

一切のものを骨の髄まで懐疑し苛察（かさつ）しなければ已まなかった高村さんが、なぜ天皇という一語の魔術に魅了せられたのか、判るようで而もその一点だけは私と雖も釈然たらざるものが残るのである。あれだけ権威を無視し、価値や結果を嫌い、あれだけ人間の自由を渇望し、みずから実践行蔵して来た高村さんに、こんなアキレスの腱があったということは意外である。ひとり天皇のみならず、総ての人間において、尊敬しうるものだけを私は尊重する。少年時は私も亦古風封建の教育を受けたのであるが、この当然自明の理においては誤るところがなかった。……私は天皇を現人神であるとは一度も夢にも考えなかった。そしてかかる物の考え方は、じつに高村さんへの親近によって、識らずしらず私が植えつけられたものであることは、何たる皮肉のことであろう。死せるイエスの傷口に指を突ッ込まない限りその死と復活を信じないという十二弟子のトマスの精神（昭和3詩「触知」を説いた高村さんではなかったか。人を見る時は閲歴も勲章も業績も才能も思想も主張も、一先ず取り去ってどうしても最後に残るものだけを掴めと教えた氏ではなかったか。その高村さんが、こと天皇となるとかく迄脆く無批判にしてやられるという一事、二律背反のかなしさを私としても否むわけにはゆかないのである。

十月の雑誌『コスモス』（コスモス書店）七号は、北川の見解もふまえて、ただちに反論を展開する。正面から「高村光太郎の『暗愚』について」を書いたのは、この雑誌の編集兼発行人秋山清だ。

秋山もまた五月号の「コスモス雑記」で「高村光太郎氏はかつて僕のもっとも敬愛していた詩人だった。個人的にもいろいろ世話になった。いっしょに飲んだり、迷惑をかけたりした。詩の上でも教えられることがすくなくなかった。……その高村氏の戦争責任を僕は一ばんに追及した。……僕はそれについて、坊主じみたザンゲとか反省とかいったような気持はほとんどないといっていい。ただ高村氏の戦争責任を追及することによって自分の身にかんじる痛さ――それは僕だけがかんじていることかもしれない。僕はその痛さをかんじなくなるまで、追及の手をゆるめてはいけないと自分に命じている。」と書いた詩人だ。

秋山は詩篇を順次点検したあとで、

「二律背反」以降の七篇は力作ぞろいだが、ここから先はあまり「暗愚」をさらけ出してもう興味がない。ただし、その中の「暗愚」とゆう詩篇の暗愚と私のゆう暗愚はちがう。「暗愚」の中の彼は良心の存在を暗示する。決して暗愚な者に出来る仕業でない。彼は常に何かの後楯を欲し大義名分を欲する人だ。「私が親不孝になることは人間の名においてやむを得ない」（親不孝）、とここでは親不孝となるために人間の名を必要としている。……

「暗愚小伝」の詩人が、北川のような善良な批評家がいてこれ程「人間的に立派な態度」を認められることを予期しての発表だったとすれば、これは中々大変なことだ。いや、私がおそれるのは、北川的に高村光太郎の人間的態度を認めることで、即ちその戦争詩の書きなぐりを斯く帳消しすることで、高村以下の無数の戦争詩人共の過失を忘れさせようとのたくらみが、北川流の批判の背後から出て来そうだとゆうことだ。過失を悔い改めることの人間的立派さが過失を侵さないことの人間的正しさの上に在るが如き人間的間違いはやめなければなるまい。悔い改めた高村光太郎は別として、なお悔い改めぬ無数の日本の戦争詩人たちに、本当の反省が果してあるのかどうか。

「民主主義だの何のとゆうが、負けてなかったらお前らに大きな口は利かせぬぞ」とゆうのが彼らの割った腹の底ではないだろうか。だから人間的反省など出て来ようがないのだ。それらの多くの詩人の無反省を、高村一人の悔い改めが蔽おいかくしてしまうことになってゆく惧れがある。

疑い深い僕は、善良な北川と違って、高村光太

本多秋五『物語戦後文学史』
昭和35年12月　新潮社

郎がただ反省しているとは思わない。本音を吐いた、或いはこれは居直りではないか、とさえ疑っている。彼を居直らせるだけのバックがありそれに共感し双手をあげて喜ぶ詩人群と、ジャーナリズムのあることを、知らない程彼は鈍感だろうか。少くとも北川や彼自身の永年の取まき共より役者が上だ。

だが彼とても馬脚を現わさないわけではない。この二十の詩篇で彼は、「父祖からの血のつながりの故に戦争詩を書かざるを得なかった」と告白し、すべては「暗愚」であったという事に帰せんとしているが、人間の社会で「暗愚」であること程の罪悪が又とあるであろうか。暗愚に坐し暗愚にかくれんとすることの罪を見おとしている彼の暗愚さと、暗愚そのものに対する認識不足を私は責めたい。かかることは本来暗愚な者のおかすような過失ではないからだ。

同じ号の「郁達夫その他」という文章のなかで、金子光晴は、「高村君の『暗愚小伝』をよみたいと思ったが、『展望』が手に入らないのでいまだによめない。」と前提しながら主として「なかなか微妙で、政治家的な面白さがある」冬彦の論評に触れて書いている。

高村君の家柄の宿命が高村君をあすこに追いこんだことに同情をよせている点で、ああいう教育は、明治時代に生れた僕らは、いずれまけずおとらず、骨の髄まで沁み込ませられたもので、それがぬきさしならないものであればある程、反ぱつを感じてもいい筈なのだ。解放的な思想が芯まで通っていなかったことは、高村君の封建性の骨がらみであることを語ると同時に、そこに国士の風格や、正直さを認める北川君自身にひそむ封建性をも暴露しているのではないか。僕らは、どんな意味に於ても、国士とか、志士とかいうものに魅力をもたないし、じぶんもそんなものになりたくない。国士とか高士とかいうものは、案外名誉心の化物なのだ。そんな意味で、高村君を弁護することは危険だと思う。また、戦犯問題にしても、僕は、ほかの人のようにそれほど節操というような道徳価値に重きをおいて考えていない。だから、僕は、そのことについて、高村君を追究したことは一度もない。人間は弱いものだ。あの際、高村君が戦争に協力して詩を書いたなりゆきを、僕は、左翼作家が戦争詩を書いたなりゆきと、そうちがったものとは考えない。権力乃至社会的強制力の前に個人の力がいかに小さいかを物語っているだけのことだ。無理な註文をすれば、高村君にもう一つプライドをすてて、余儀なかった個人の弱さを、血統やそだちのせいにせずに、はっきりと告白してもらいたかった。それこそ国士や天才や英雄の声でなくて、人間の声なのだ。……

今日、高村君は、天皇に対する節操に生きていることによって、一応立場を取戻している概がある。そして、都合のいいことに、そういう考えが、多くの支持を受けはじめているのである。問題になるのは、節操である。僕ら平民は元来無節操で、戦争中平気で協力の詩を書きながら、今日犯罪人

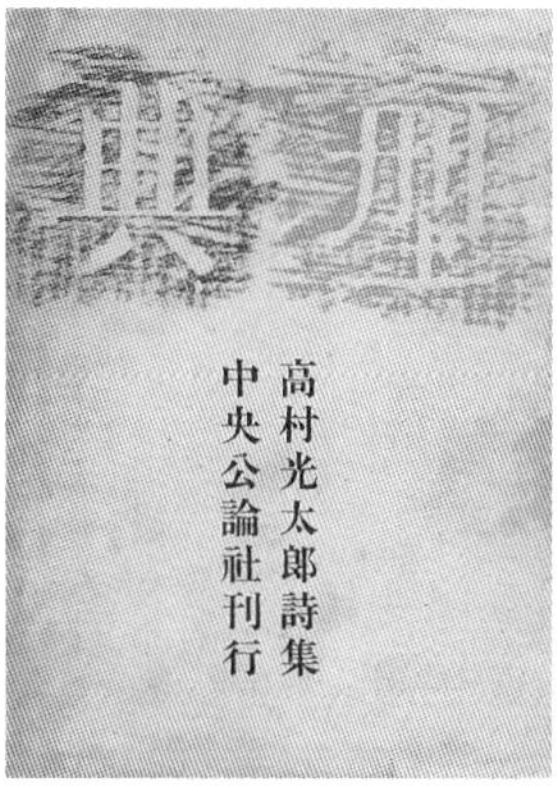

詩集『典型』箱　昭和25年10月　中央公論社

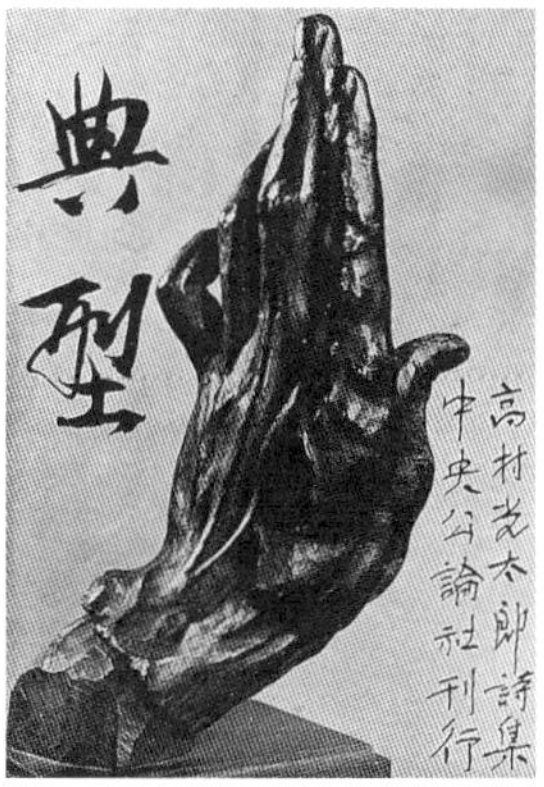

同　扉

を追究したりもする。しかし、人類の不幸についてしみじみ胆に銘じ、なんとかしなければならないと思っている公明さが、むしろ、過去の事よりも、現在の敵にむかっていどみかからなければならなくしているのだ。高村君が槍玉にあがらなければならないとすれば、現在の高村君をおいて他にないのだ。それは高村君の人徳とか影響力とかいうものが大きいだけ、高村君への迷信が、彼をなんとかして助けようと働けば働くほど、高村君の身に刺さってくる因果の矛先とならざるをえないのだ。

　あき性と気まぐれで支配されている文人たちが、もうそろそろ戦犯追究でもあるまいという気持になって、異説を立て、それが意表をついた新鮮さとして迎えられ、それだけのことで反動的な言辞や思想が横行しやすいという傾向は、怖るべきことである。高村君の国士的風格が日本の文学界に尊重されるということが日本の文学界そのものの反動性のテルモメートルとみなすことができるのである。

　理解はそれぞれとしても、小田切を含めて、じつは光太郎への敬愛と痛惜を裏に秘めた発言は、その熱さ、一途さ、一生懸命さで、胸を打つ。半世紀あまりを経過して、一瞬も地上に戦火の絶えない今だからなお、大きな問題意識をもって問いかける。

　「暗愚小伝」に関する発言は、或いは長短の文章、論説のなかで、座談会の発言のなかに幾つも見出だすことができるが、これ以上それらの一つ一つに触れるのはよそう。

　ただ昭和三十三年秋から『週刊読書人』に連載され始めた本多秋五の「物語・戦後文学史」が、「暗愚小伝」の時代、昭和二十二年暮の伊藤整の文章を引く一節だけは書き留めておこう。

　戦争がすんで自分の良心が傷ついていないと意識するこの時期の文学者が一人でもいると私には信じられない。しかもそれでいて、筆を折った文学者の一人もいるのを私は聞かない。……ただ一つ明らかなことは、既成の文学者が一人残らず傷ついている、心に蔭を持っている。そしてその点を避けて、ある者は道化めき、ある者は弁解めき、ある者は開き直り、ある者は顧みて他をいい、あるものは他人の疵を指差して声を荒げつつ、一人も書くことをやめないという現象のみが、私の目には大きく盛りあがって来るのだ。私は、私たち日本の文学者が第二次大戦後の欧州の例にならって裁き合うべきだとは必ずしも考えない。ただ傷ついたもの、後暗いものも、一人残らず書かずにはいられないということそれ自体だけでも反省されるのが、少くとも人間心理を扱うもの、小説という我を離れられない芸術に携わるものとして当然の営みではないかと考える。

（伊藤整「病める時代」昭和23・1『文芸』）

　これが敗戦当初における日本文壇の一般情勢であった。発表場所をまったく失ってしまった人々を問題外とすれば、岩手の山中に自己流謫して、「それが社会の約束ならば、よし極刑とても甘受

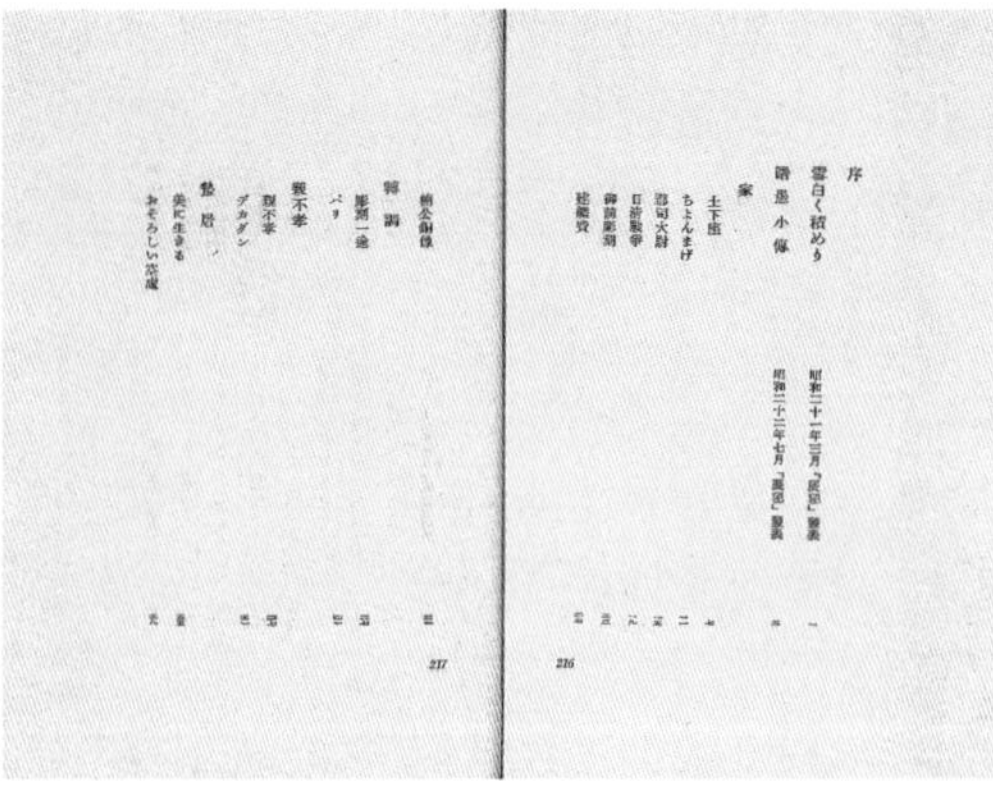

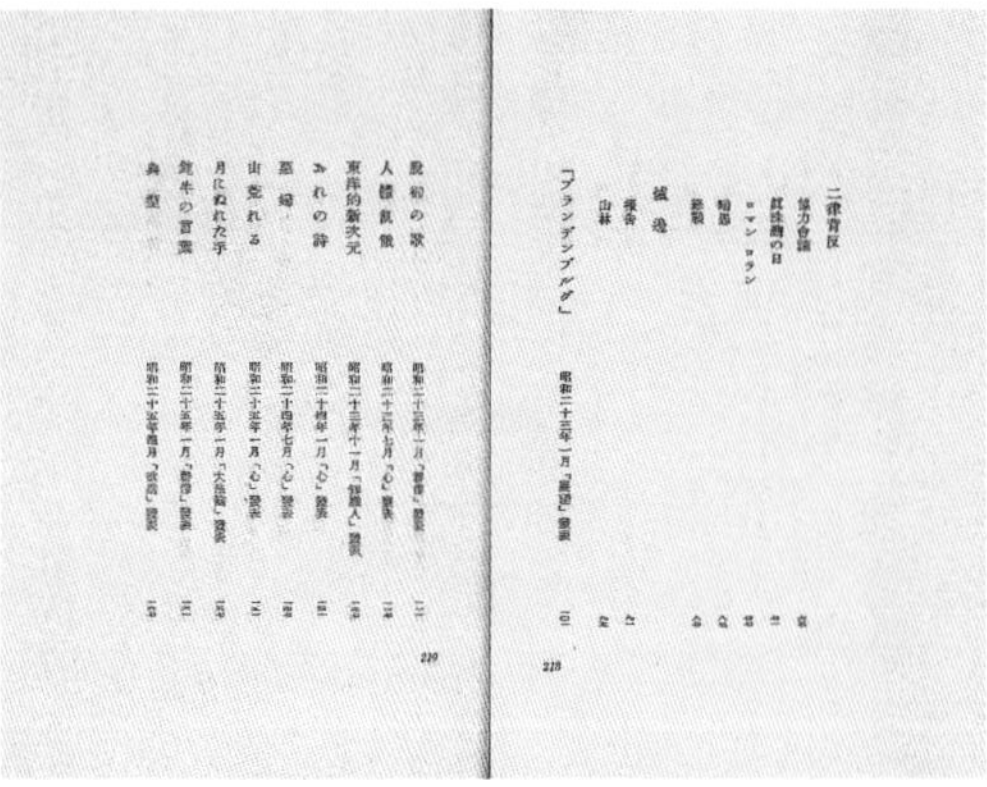

詩集『典型』目次

しよう」と書いた高村光太郎ひとりが例外であった。だからこそ、それだけに戦後派の特色は明らかだ、などという浅薄な問題ではない。この文章を書いた伊藤整自身をもふくめて、われわれはみんなおし流されてきている。その後にはもっと烈しく、昼夜をおかず流されてきている。それだけに、こういう未解決の重要問題は、われわれの眼前の壁かなにかに、しかとピンで貼りつけておく必要があると思うのだ。

これは光太郎没後二年あまり後の文章だ。「しかとピンで貼りつけて」おかなければならない必要は、今でもますます求められる。

◆詩集『典型』

昭和二十三年夏に朝鮮半島に大韓民国、朝鮮民主主義人民共和国が成立し、昭和二十四年十月には大陸に中華人民共和国が成立した。ヨーロッパにドイツ民主主義共和国（東独）が成立したのも同じ月である。日本でも下山事件、三鷹事件、松川事件と国内の騒擾（そうじょう）が続いた。世界の動乱も必ずしも沈静しない。戦時の詩人達への思いも、重く人々の心の中に反芻された。

早くから光太郎を知り、前衛的な姿勢を崩さなかった篤実な詩人・評論家伊藤信吉もその一人である。その年九月、伊藤が光太郎に宛てて書いた長文の手紙には、こんな一節があった。

　普段、いつも御ぶさたしておりますが、私としては、かならずしも、「御ぶさた」してる気持はないのです。というのは、私どもは、ほとんど一日として「高村光太郎」という名を口にしない日はないのです。これは誇張ではなく、私ひとりにとっても、また私の多くの知人にとっても、「高村光太郎」は、つねに語られている人なのです。

（9・25）

昭和二十五年十月二十五日、自ら装釘した光太郎の戦後詩集『典型』が中央公論社から刊行された。昭和二十一年三月の『展望』に発表した「雪白く積めり」を巻頭に、年代順に配列した三十一篇の詩と、「田園小詩」として一括された十篇の詩で構成されるこの詩集の序は、むしろ「暗愚小伝」の成立事情を、はげしく表白する。

　これらの詩は昭和二十年十月私がこの小屋に移り住んでから以降の作にかかるものであり、それ以前の詩は含まない。終戦直後に花巻町で書いたものや、ここに来てから書いたものでも、その頃の感情の余燼（よじん）の残っているものははぶいた。それらのものは、いわば戦時中の詩の延長に過ぎないものであるからである。

　ここに来てから、私は専ら自己の感情の整理に努め、又自己そのものの正体の形成素因を窮明しようとして、もう一度自分の生涯の精神史を或る一面の致命点摘発によって追及した。この特殊国の特殊な雰囲気の中にあって、いかに自己が埋没され、いかに自己の魂がへし折られていたかを見た。そして私の愚鈍な、あいまいな、運命的な歩みに、一つの愚劣の典型を見るに至って魂の戦慄

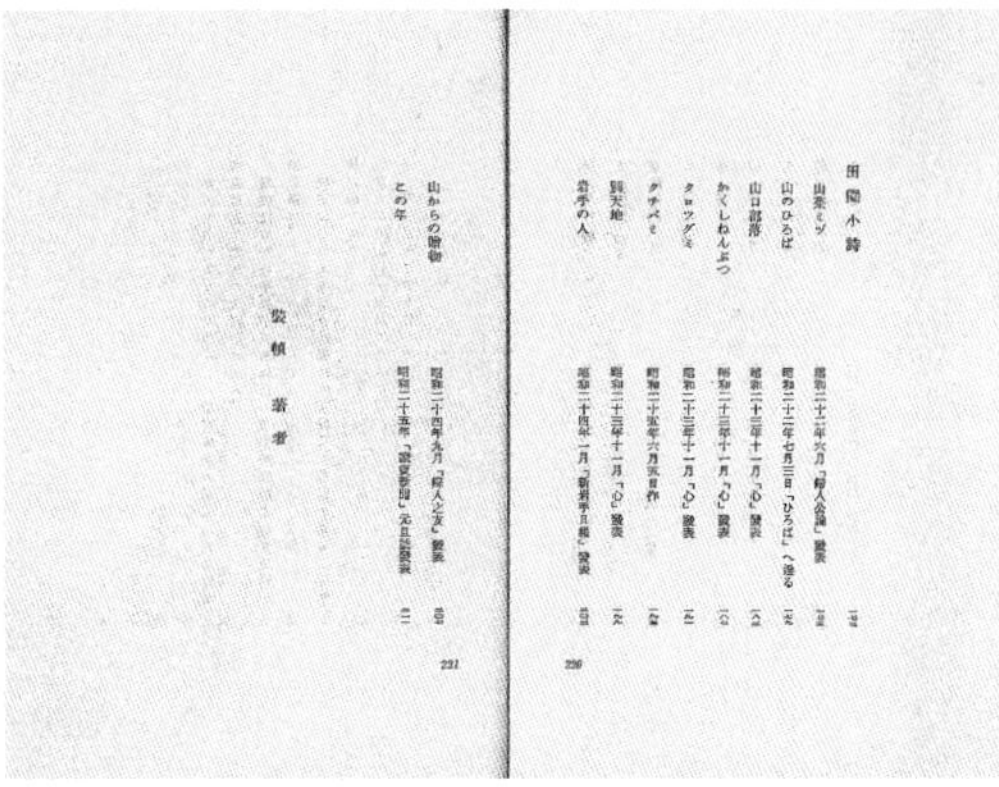
田園小詩
山菜ミヅ　昭和二十二年六月「婦人公論」發表
山のひろば　昭和二十二年七月三日「ひろば」へ送る
山口部落　昭和二十三年十二月「心」發表
かくしねんぶつ　昭和二十三年十一月「心」發表
クロツグミ　昭和二十三年十一月「心」發表
クチバミ　昭和二十五年六月五日作
開天地　昭和二十三年十一月「心」發表
岩手の人　昭和二十四年一月「新岩手日報」發表
230

山からの贈物　昭和二十四年九月「婦人之友」發表
この年　昭和二十五年「讀賣新聞」元旦紙發表
裝幀　著者
231

をおぼえずにいられなかった。そして今自分が或る転轍（てんてつ）の一段階にたどりついていることに気づいて、この五年間のみのり少なかった一連の詩作をまとめて置こうと思うに至った次第である。

　これらの詩は多くの人々に悪罵せられ、軽侮せられ、所罰せられ、たわけと言われつづけて来たもののみである。私はその一切の鞭を自己の背にうけることによって自己を明らかにしたい念慮に燃えた。私はその一切の憎しみの言葉に感謝した。私の性来が持つ詩的衝動は死に至るまで私を駆って詩を書かせるであろう。そして最後の審判は仮借なき歳月の明識によって私の頭上に永遠に下されるであろう。私はただ心を幼くしてその最後の巨大な審判の手に順うほかない。

『典型』の刊行はこの時点でふたたび「暗愚小伝」への関心を強く引き起こした。東西冷戦の結果、朝鮮半島ではすでに五月に南北の戦争が始まっていた。

三好達治「詩人高村氏の内的要求」

　集の初めの「暗愚小伝」二十余章は題の示す如くこの人の自叙伝体のもので、同時に告白体を兼ねた自責の陳疎（ちんそ）をも多分に前者を前置きとした上にのべられている。この集の骨子をなすもので、勿論その背景は太平洋戦争の無惨な敗北と、それから戦争中にたまたまこの人の置かれた不慮のめぐり合せと、その二つがこの集を貫く運命的自覚の契機として、強いモチーフをなしているのを見る。高村さんが岩手の山奥に引籠られたのにはどうもそういう、何というか、いわばこの人の内的整理の要求が敗戦の後に甚だ強かったのを私はかねがね推察していた。私は偶然戦争中一二度この人と膝を交えて語る機会をもち、その折の片言雙句から、戦後のこの人らしき決然たる進退に就ても多少は推察するところがあった。私の推察は「暗愚小伝」に於て具さに、順序よく、歴史的に語られていて、唯今読みかえしつつもう一度、撲直（ぼくちょく）かくの如きかと驚きを新にさせられたふしが多い。……戦後五年余を経て高村さんの自覚は、このどっしりとした落つきと高さとしずかな力強さとに到達されたのは、何とも見事であって敬服に耐えない。私はかいなでの敬語としてこれをいうのでは決してない。私は嘗て山盧（さんろ）にこの詩人を訪ねて清閑を妨げることを敢てした者で、その起居のさまと山中の不如意の様子とは具さに承知しているので、詩中の言々句々を実景に即して想像することもできるし、詩人として芸術家として、この人の純化の強固な意志的半面をその実践の上に就て最も深く信頼することができる。

（昭和25・11『出版ニュース』業界版）

吉田精一「詩集にみる二つの疑問」

　『典型』は詩人の生涯の精神史を追及し、その形成素因を明らめようとしたものである。それらの詩の多くは、独立したものではあっても、猶全体との連関に於てより強い意味をもって来る。そうしてそれは、一高村と言う人間の歴史であると共に、明治に成長し、大正昭和に社会人として活動した日本人の宿命の「典型」である。……私が

光太郎　昭和26年

この詩集を読みながら感じた一つの疑問は、敗戦による「禁廷さま」や天皇に対する感情の一変しかたが、あまりにももろく思われたことである。私共は作者達と世代をことにし、天皇を現人神(あらひとがみ)などと思ったことは一度もなく、ただの人間以上に踏んだことがないから、作者の幼年期の感情についても行けず、「終戦」によって格別の変化もうけぬ。それだけに作者の突然の変異が、かんたんすぎて却って理解しにくい。私共にはない天皇崇拝の気持が、まだ作者のどこかにあるのでなければうそだと感じるのである。

（同前）

伊藤信吉「『自己流謫』の精神——モラリストの受けた痛手」

しかしこの詩人の落ちこんだ「暗愚」の世界や「愚の典型」は、同時にまたより多くの人々に共通するものであった。従って私どもは、なぜ時代の風潮にまきこまれて戦争の波に身を投げたかについて、むしろその根柢的な原因を究明しなければならないし、二度とふたたびそこへ落ちこまぬことを考えなければならない。自己流謫をおのれに課した詩人の態度は、それだけでは古風である。だがそうしなければならないところに、モラリストとしての光太郎の誠実さが知られるのであって、一人のモラリストが伝統と環境の囚われのためにどれほどの痛手をうけたか。そのことについての痛惜を、私はあらためてこの詩集から感じる。「暗愚小伝」中の「パリ」「親不孝」「デカダン」などの諸篇はそうした悲劇の基底がどこにあったかを語るものであり、私どもの生き方についての問題を次々に提起する。詩人高村光太郎の精神史は、日本の近代の歴史といかに接渉しいかに葛藤したか。『典型』一巻はモラリストの精神のいとなみと、その悲劇的な水脈を誠実な言葉で綴った詩集であり、そこに私は自分自身にとっての課題を見いだす。

（昭和25・11・25『日本読書新聞』）

安藤一郎「詩集『典型』について」

こういった考え方は、大へん皮相かも知れないが、今度再び「暗愚小伝」をよんでみると、もう少し補足すべきことがあるのを感じたので、更に附け加えた方がいいと思う。——

高村さんが私小説的な一連の詩を書かざるを得なかった動機である。私の推測するところでは、ここには「明治人」としての自分の生い立った時代、環境、伝統というものを、もう一度振り返って見ることにおいて、新しく出直そうという意志を表示したのだと思う。これは、いかにも高村さんらしい。高村さんのような人は、そうしないではいられないことが、私にはよくわかるのである。「暗愚小伝」は、一種の自己弁護のように取られなくもない——だが、恐らく、そうではなかろう。敗戦にあたって、多くの人々は、つい昨日の過誤をあれこれあげつらい、論議するに夢中であった。そして、暫くすると、すべてを忘れて、徒らに時流へと押されてゆく。高村さんは、もっと遠い、

第二回　讀賣文學賞

受賞者五氏決る

小説賞
『思ひ川』宇野浩二
正賞（記念品）
副賞十万円

文藝評論賞
『昨年度の諸作品』亀井勝一郎
正賞（記念品）
副賞十万円

詩歌賞
『典型』高村光太郎
『會津八一全歌集』會津八一
正賞（記念品）
副賞各十万円

文学研究賞
『鎖国』和辻哲郎
正賞（記念品）
副賞十万円

戯曲賞
受賞作品なし

讀売文学賞規定

讀賣新聞社

第二回読売文学賞　昭和26年5月

明治人の形成に対して思いを致すために、このような回顧を敢えて試みたのであろう。そう思うと、「暗愚小伝」の中にも、小さな部分に、心理的に重要なところがあるのに、私は気づいた。たとえば、「ちょんまげ」や「パリ」は、日本文化の批評という意味で面白いのである。

（昭和26・2『日本未来派』）

藤原定　「高村光太郎詩集『典型』」

典型と言うのは愚劣の典型だと高村さんは自註している。そして高村さんが終戦後、或いは既に終戦前から「魂の戦慄」をおぼえておられたことは、私は信じて疑わない。そんなことを言うさえ、口幅ったく、また後ろめたい。高村さんが魂の戦慄を体験するに至って、自分に愚劣の典型を見たというその眼、それを典型として飽くまでも追求し、打ち出してゆくその手、そこに芸術家高村光太郎があり、詩集『典型』を投げ出すことができたのだ。愚劣そのものではなく、それを典型と化したところにこの詩集の意義がある。高村さんの恐るべき自信がある。この「暗愚小伝」の態度について、或る詩人が「高村さんはい直っている」と評したことがある。それは適評であろう。しかしそんな生まやさしい「酷評」で参るような高村さんでもない。い直るところに高村さんの身上があるのだから。

い直ることによって立ち直った高村さんは、転身したのではなく、脱皮したのだ。自己を埋没していた何ものかを、巨人は立ちあがることによって払いのけたのだ。……日本の抒情詩はおおむね女性的に生長してきたか、或いはいとも簡単に性を超えてしまった。高村さんだけがあく迄も男性にとどまっている、ということが氏の魅力の一つであろう。……そういう点では高村さんは「猛獣篇」時代と変っていない。高村さんの男性的特徴は独立独歩、力、重さ、怒り等々となってやはりはっきり現れている。……

高村さんがなぜ岩手の山奥に引っ込んだかを揣摩臆測する人は多く、私もその御多分に洩れなかった。私は氏に二度不愉快な思いをさせたらしい記憶がある。その一度は駒込林町のお宅が戦災にあう半年か一年前で、氏の「協力」をやめてほしいという気持からその緒口になるようなことを生意気にも切り出した。言下に氏は、「私には政治のことは解りません！」その怒気を含むまでに激しい「そっぽ向き」に私はへきえきし、また幾らか解ったような気がして閑談に転じて、そして灯火管制の中を提灯を頂いて辞したのであった。次ぎは三四年前に手紙の端しに東京へお帰りになられませんか、と書いたそのお返事の素っ気ない凄さであった。

この詩集はそういう高村さんについての世間のうるさい問いに対して明快に、答え以上のものをもって答えている。

（昭和26・3『近代文学』）

詩集『典型』が『会津八一全歌集』とともに第二回読売文学賞を受けたのは、昭和二十六年五月のことであった。

選考委員だった折口信夫は、こんな授賞の言葉を残している。

> 七十歳を控えて、現に手ごたえの激しい為事（しごと）をしている。荒為事――用語例は少し不適当で礼を失するが――と言ってよい程、努力感に充ちた詩を作り、……時々聞えて来る山家の消息が、どれ程都会窶（やつ）れのした我々を、自らみすぼらしく感じさせるか。高村氏は、戦争直後情熱のまだ残っている頃から、母国の運命のここに到った致命的な因子を、文芸の上に追求していた。浄い隠者の生活に徹するには、まず深い悲しみから整頓してかからなければならないと思ったのであった。それ故の詩は、特に択ばれた律と詞とを以て、その心を奏でるようになった。『典型』は此厳正な心に則った様式である。併し彼は言う、「悪罵せられ、軽侮せられ、所罰せられ、たわけと言われつづけた。」だが此高村氏の語は、如何に反省し、懺悔し、謝罪して来たかを表したもので、世間は事実却って、彼を讃美し、尊重し、褒賞して「賢（さか）しびと」と呼んで来たものである。自ら笞（むち）ち、人の為に棘（とげ）を負う心の深さは、我々も知っている。
>
> 戦争の幻影から解脱した後も、尚一方に、「智恵子」を感覚していた。嘗ての詩「抄」の如く柔軟でない、別の硬い声を以て、智恵子を呼ぶ。「人間飢餓」などが其である。だが其もよい。日本の詩の一つの存在形を発見したことになるのだから。だがここに七十の詩人の歩みの確かさを思わしめるものは、日本の叙事詩としての一つの典型を示した「暗愚小伝」であり、田園小詩を中心にした二十篇に余る郷土詩である。此ならば、日本の詩の次代が、之に追随して行けるだろう。其だけ、高村光太郎氏の詩集『典型』は、世代の外に孤立して居ない。
>
> （「激しい詩魂／『典型』と高村氏」昭和26・5・14『読売新聞』）

「あの珍しく彫刻的なコマンダンの首も／つひに無縁に終るだらう。」（昭和23・4「人体飢餓」）とうたった米軍司令官マッカーサーが解任されたのは四月、七月には朝鮮休戦会談が開かれ、対日講和条約がサンフランシスコで調印されたのは、この年九月八日のことだった。時代は激動しつつあった。しかしこれ以上、「暗愚小伝」評価の変遷を追うのは、ここでの仕事ではない。

覚え書き

高村光太郎に詩群「暗愚小伝」の最初の構想が芽生えてから、今年で六十年になる。岩手県稗貫郡太田村での山居七年ののち、十和田湖畔に建つ裸婦群像制作の機会を捉えて帰京、東京中野のかりそめのアトリエで没したのはその十年後だから、平成十八年（二〇〇六年）は没後五十年の節目にあたる。この年は智恵子生誕百二十年にもかさなるメモリアルな年だ。そんな生涯の最後の季節、戦後期のはじめを記念する仕事が「暗愚小伝」二十篇だといっていい。いやおそらく全生涯をとおしても、最もこころを傾けた仕事の一つだったといえよう。

戦い敗れたあと、新しい文化創造の意欲に燃えて企てられた積年の夢、山林独居のなかで迎えた零下十六度、星影凍る苛烈な最初の冬が促したのは、ここに至る自らの歩みの痛切な反芻に他ならない。時に自己流謫という言葉さえ吐きだされたのもそんな中でだ。人は光太郎の言葉に、山居そのものを、ただ戦争期に犯した自らの過ちの贖罪の営みとし、過去の光太郎詩に傾倒した人々も、それぞれの期待に背くこの詩群に、失望を隠さなかった。しかしこの詩群が語るものは、鮮烈な洗礼を受けた近代の人間の、いまも、これからも、つねに力を尽くして捜し求めねばならない、執拗な問いかけを持つ。

あんなにも人間性を疎外するものを憎悪し、生の充足を願った者が、伝統や慣習、あるいは形骸化された観念に、いかに思いがけず呪縛され、機械と化し、仕組まれた機構の歯車として操られることになるのか。それに気づかず、あるいは気づきつつ捉えられる人間を暗愚と呼ばずして何なのか。昂進すれば盲いた理性はむしろ狂気に類する。どうすれば、容易に陥りやすいその狂気を克服しうるのか。

光太郎は自らの暗愚のみならず、富国強兵と立身出世を車の両輪として推し進めてきた「この特殊国の特殊な倫理」が、如何に人間性を埋没させ、へし折ってきたかについて、告発する。光太郎一人の問題でも、此の国のみの問題でもない。歴史は螺旋を描いて変転する。半世紀を隔てて再び世界の人心は荒廃に瀕する。この詩群の暗示するものは、現に眼の前にある。ありうべき人間の生について、愛について、戦争について……。このかけがえのない人間の生の記録から読み取らねばならないことは、いまも限りない。

さきに創業五十周年を迎えた二玄社が、光太郎最晩年の印象深い感想「書についての漫談」を得たのは、没する前年のことであった。いち早く『高村光太郎書』を刊行したのは昭和三十四年のことだった。作品撮影のため重い写真機をかついで、一人東奔西走する三十歳にもとどかない青年社長渡辺隆男氏の熱い面影は、いまも眼の前にある。その後も大冊『高村光太郎全詩稿』を始め、光太郎・智恵子を伝える数々の書物を手がけてきた。

その二玄社が、さまざまな記念の思いをこめて企てたこの書は、残された「暗愚小伝」の初出誌『展望』のための詩稿と、光太郎が身辺に保存した草稿を、まず筆跡のまま復刻する。推敲の跡をとどめる草稿の文字はもちろん、起筆から最後の一画まで、一点のたるみも見せない気力ある詩稿は、活字では決して表現し得ない、光太郎その人の気息まで蘇らせる。私事に類するが、『展望』詩稿は最初の『高村光太郎全集』の編纂実務を担当した筆者に、「ご褒美」と言って筑摩書房の当時の社長古田晁氏から贈られたものである。茫々とした往時が懐かしい。

詩稿複製の意味を充足するために、そのあとに注解を置いた。詩に作品として直接向かいあうことは、観賞の基本的な態度として正しい。しかし生涯の様々な背景を読み解くことで、むしろ広大な可能性を生み出すに違いないこの詩群については、その知識を一方に置くほうが良い。この書はそんな読者のための、資料集としても提出される。

そのために緻密な努力を注がれた、編集者渡辺敏子さんには深く感謝しなければならない。ここに一々お名前を掲げることは出来ないが、先輩諸氏の膨大なお仕事や、相変わらず若々しい渡辺社長をはじめ編集、制作にあたった多くの人々への敬愛と感謝も書き記そう。幸いに生を享けたこの書が、いつまでも読み継がれ、光太郎や「暗愚小伝」についての関心を引きおこす機縁になればいいと、心から願う。

平成十八年三月　北川太一

編者略歴

北川太一（きたがわたいち）

大正14年、東京に生まれる。東京工業大学卒業。晩年の高村光太郎に親しみ、没後、全集編纂の実務を手始めに、『高村光太郎全詩集』（筑摩書房）、『高村光太郎全詩稿』（二玄社）、『高村光太郎彫刻全作品』（共編・六耀社）『高村光太郎　書』（共編・二玄社）『高村光太郎　美に生きる』（共編・二玄社）『智恵子その愛と美』（共編・二玄社）など、資料の整備につとめた。著書に『書の深淵』（二玄社）他がある。

詩稿「暗愚小伝」高村光太郎

二〇〇六年二月二十五日　印刷
二〇〇六年三月二十日　発行

編者　北川太一
発行者　渡邊隆男
発行所　株式会社二玄社
〒101-8419 東京都千代田区神田神保町2-2
〈営業部〉
〒113-0021 東京都文京区本駒込6-2-1
電話 03（5395）0511

印刷・製本　**深圳雅昌彩色印刷有限公司**

ISBN4-544-03043-9 C0092

●光太郎の書の形成を跡づける！

高村光太郎　書の深淵

光太郎の筆跡資料（原稿・手紙・装丁他）を未公開のものもふくめて年代を追って収録し、深遠の書の形成を跡づける。制作の周辺事情、交友、時代背景にもふれ、光太郎の書に関するエッセイも随所に紹介する。

北川太一 著／高村規 写真

A5判・200頁●2000円

●屹立する芸術家、孤高の生涯！

高村光太郎　美に生きる

光太郎の生涯を、形成、反逆、美に生きる、生命の大河、の四章に分け、彫刻、デッサン、書など美術作品の写真と、詩文、評論などから選りすぐった文章で浮き彫りにする。近代日本を生き抜いた巨人の足跡。

高村光太郎 作品・詩文
北川太一 編／高村規 撮影

B5判変型・128頁●2800円

●愛と美の奇跡、〈智恵子抄〉の世界！

智恵子　その愛と美

病みゆく精神のもと、全てを昇華するかのように生み出された奇跡的な智恵子の紙絵と、光太郎の〈智恵子抄〉ほかの詩稿により、出会いと生活、智恵子の狂気と死、智恵子の思い出に生きる光太郎、の三章で構成。

高村智恵子 紙絵／高村光太郎 詩・書
北川太一 編／高村規 撮影

B5判変型・96頁●2200円

二玄社　〈本体価格表示・平成18年3月現在〉 http://nigensha.co.jp